AF467646

Abel Pérez Crespillo

Luciérnagas Azules

Título original: Luciérnagas Azules
Segunda Edición

perezcrespillo@gmail.com
ISBN: 978-1-4461-7846-1

Dedicado a ti Andrés,
para que nunca te olvides de soñar.

Parte I. Año 1759

Capítulo 1

La Promesa

Era medianoche y una gran luna ascendía llena y altanera sobre los tranquilos campos de La Toscana. El séquito del constructor tuvo que detenerse en el camino, a unas cien millas de Florencia, a consecuencia del prematuro parto de su esposa. Leopoldo da Lorena, con las manos a la espalda y caminando en círculos, impaciente y nervioso, esperaba fuera de una improvisada tienda donde su esposa estaba dando a luz, asistida por tres mujeres de la compañía. Los más de cien empleados del arquitecto esperaban en silencio en sus respectivos carromatos, afligidos por los terribles gritos de dolor de la inminente madre.

Después de casi dos horas de angustiosa espera los gritos cesaron. La mujer más anciana salió de la tienda con una sábana blanca entre los brazos y se dirigió hacia Leopoldo. Éste se percató con horror de las grandes manchas de sangre del vestido de la matrona. Aquel instante fue sin duda el más largo de su vida.

- Leopoldo, aquí tienes a tu...

- ¿Cómo está mi esposa? - interrumpió sin querer ver lo que la anciana acunaba.

- Ha perdido mucha sangre...

Leopoldo corrió hacia la tienda y entró. La visión fue dantesca. Dos muchachas limpiaban grandes charcos de sangre a la luz de las velas. Su esposa, con cara macilenta y expresión serena dijo:

- Leopoldo, señor mío, siéntate a mi lado.

- Isabella... Hace más de dos horas que envié a cuatro hombres a que buscaran ayuda. En cualquier momento llegará un médico - dijo el constructor agarrando la mano de su esposa.

- Escucha, no me queda mucho tiempo. Tienes que prometerme algo antes de que me vaya.

Leopoldo salió de la tienda. En el ambiente había un silencio sepulcral. Decenas de mujeres y hombres esperaban fuera; sus tres ayudantes principales aguardaban en primera fila. Se dirigió hacia la anciana. Ésta, con sólo mirar a sus ojos entendió el triste desenlace de la reciente madre.

- Lo siento mucho Leopoldo. Toma. Es una niña sana y preciosa.

El arquitecto cogió por primera vez a su hija en brazos. Se alejó de sus empleados, de los carros y de la tienda, y se sentó en una gran piedra que había a un lado del camino. Una vez allí, bajo un cielo estrellado, lloró desconsoladamente.

Tras unos minutos de desahogo divisó a lo lejos a un veloz jinete que se aproximaba. Un minuto después éste se detuvo justo a su lado.

- Buenas noches. ¿Sabría vos dónde puedo encontrar al señor de Lorena?

- Yo soy quien buscas. ¿Quién lo pregunta?

- Mi nombre es Philip Hurt señor, un emisario. Vengo de Londres para entregarle una carta.

Tras dar el sobre a su destinatario, el jinete se perdió al galope en el horizonte, por la misma dirección por la que había llegado. A la luz de la luna, Leopoldo abrió la carta y leyó:

«Estimado Señor de Lorena.

Si está leyendo esta misiva es que por fin he conseguido encontrarle. Llevo años buscando un arquitecto que construya un jardín para mí, pero ni siquiera los mejores constructores de Inglaterra han conseguido presentarme proyectos que sean de mi agrado.

Hace un año supe de vos y de los grandes trabajos que su compañía ha realizado en Roma, Atenas, Aranjuez, Versalles, Edimburgo, Alejandría o muy recientemente en Florencia. Si trabaja para mí no conocerá limitaciones de fondos ni de tiempo. Confió que estará en cuanto pueda en mi despacho de Victoria St.29 de Londres para formalizar el contrato.

Piénselo Sr. de Lorena, esta puede ser la única oportunidad que tenga en su vida de hacer algo realmente grande y maravilloso.

Atentamente,

Sr. Thomas R. Havenloft»

Leopoldo guardó la carta en un bolsillo de su levita, miró dulcemente a su hija y le susurró:

- Voy a crear un mundo para ti, Margaret.

PARTE II. Año 1912

Capítulo 2
La Huida

El señor John Newland, respetado banquero y uno de los hombres más poderosos de Londres, regresaba en su *cabriolet* a su mansión de Hertfordshire después de una intensa y fructuosa jornada de trabajo. Aquel era un día muy importante, su hijo cumplía doce años y por ello le había preparado un regalo muy especial.

Cuando llegó a casa, el banquero encontró a su pequeño en el jardín, atendiendo a las explicaciones de la mano de uno de los jardineros sobre la poda de un rosal. El señor Newland interrumpió la clase para llevar a su hijo a un banco que se encontraba a la sombra de un gran sauce.

- Feliz cumpleaños hijo - dijo el banquero entregándole un regalo envuelto en un delicado papel de seda de color escarlata.

Charles abrió despacio el presente de su padre. Era una pluma. Una bella pluma estilográfica con la inicial del apellido de la familia grabada en oro en su punta.

- Gracias padre - agradeció el niño sin expresar ilusión alguna por el regalo.

- Mañana vendrás conmigo a Londres. Quiero que este verano aproveches el tiempo empezando a familiarizarte con el banco, el cual, algún día, será plenamente de tu responsabilidad.

Charles se quedó callado.

- ¿Qué me dices? ¿No te hace ilusión? He ordenado fabricar una mesa de ébano a tu medida en mi despacho. Serás por un tiempo algo así como mi secretario.

- Usted ya tiene muchos secretarios.

- Sí, bueno, tú serás mi secretario predilecto. Ya verás, estoy seguro de que te gustará mucho.

El niño se quedó de nuevo en silencio. Charles era un niño muy activo y con mucha imaginación. El poco tiempo libre que su educación le dejaba, pues recibía todo tipo de clases -historia, matemáticas, física, alemán, francés, piano, violín o protocolo entre otras-, lo dedicaba a jugar en el jardín. Las plantas le atraían especialmente, y de vez en cuando, aprendía el arte de la jardinería de la mano de los empleados que se dedicaban a tal fin. Pero además las salidas al exterior de la mansión tenían otro propósito para Charles. En el extremo oeste del jardín existía un gran muro que se extendía de norte a sur. Justo en medio se alzaba una verja muy alta que, a pesar de que las enredaderas la cubrían casi por completo, podía adivinarse fácilmente que se trataba de una gran puerta. Charles preguntaba a menudo a los jardineros qué había tras el muro, y la mayoría de ellos no supieron responderle. Hasta que una vez, Robert, el jardinero más anciano, le contó casi en secreto que al otro lado se extendía el jardín más grande y hermoso que existía sobre la tierra. Charles le dijo que quería entrar y el anciano le respondió que era imposible, que hacía años que nadie entraba porque era muy peligroso. Por ello, el niño, movido aún más por la curiosidad, intentaba desde entonces encontrar una forma de entrar al jardín secreto, que era como él lo llamaba.

- Me gustaría entrar al jardín que está cerrado. Como regalo de cumpleaños – dijo Charles.

Su padre palideció por unos instantes.

- Hijo, ¿cómo sabes que hay un jardín al otro lado?

- Me lo dijo Robert, el jardinero.

- Debí haberlo supuesto. Lo siento Charles, pero ese jardín lo cerró mi padre hace mucho tiempo.

- ¿Por qué?

El banquero se quedó pensativo durante algunos segundos. Parecía como si estuviese rememorando algún episodio pasado. Con su mano izquierda se agarraba el brazo derecho, como si hubiera recordado el dolor de una antigua herida.

- Porque era peligroso – dijo al fin el banquero.

- ¿Por qué era peligroso?

- Basta de preguntas. Además, aunque quisiera sería imposible, ya que la única llave que existía la destruyó tu abuelo hace muchos años.

- Pero, debe haber alguna otra entrada, ¿verdad?

El padre guardó silencio, con lo que Charles dedujo que sí la había. Por un momento la vista del banquero fue a parar a una vieja fuente que había a unos veinte pies del muro.

- No existe ninguna otra entrada. Al otro lado no hay nada que pueda interesarte, y a partir de mañana, dejarás de perder el tiempo aquí. No hay más que hablar. Cenaremos en media hora. Te veré en el comedor azul. No te retrases.

El señor Newland se fue con paso firme hacia el interior de la mansión, preocupado y algo desconcertado.

La cena de cumpleaños fue harto silenciosa. Padre e hijo se dedicaron exclusivamente a saborear los deliciosos platos que los cinco cocineros de la mansión habían preparado especialmente para Charles. El niño no preguntó nada más acerca del jardín secreto. Conocía bien el límite de la paciencia de su padre y hacía tiempo que había aprendido a respetarlo. Tras el postre el pequeño se despidió de su progenitor.

- Buenas noches padre. Lo he pasado muy bien hoy.

- Me alegro hijo. Mañana te despertarán a las seis. Desayunaremos a las seis y media y partiremos hacia la capital media hora más tarde.

- De acuerdo padre.

- Espera, hay más. Mañana nos mudaremos a la mansión de Londres. No te preocupes por tus cosas, el servicio se encargará de todo. No volveremos aquí en una buena temporada.

El niño, aunque no mostró ninguna expresión ante las palabras de su progenitor, en su interior sintió por primera vez en su vida, un horrible sentimiento de furia hacia él.

- Como usted diga padre. Buenas noches.

Charles se retiró y el señor Newland subió a su despacho a servirse su habitual copa de brandy.

Una vez que el pequeño llegó a su habitación se puso manos a la obra. Durante la cena había conseguido trazar un plan en su mente que le llevaría a conseguir entrar en el jardín secreto. Aquella era la única oportunidad que tenía. Si no lo conseguía, probablemente se preguntaría el resto de su vida qué había tras aquel dichoso muro.

Diez minutos después, gracias a movimientos rápidos y sigilosos, el pequeño Charles consiguió evadir al servicio y llegar al jardín de la mansión. Era una noche templada y la luna llena ascendía en el horizonte, iluminándolo todo con un tono plata ligeramente azulado. Podía ver tan bien que ni siquiera necesitó sacar la linterna de su mochila. Allí no había nadie, y por ello no le costó ningún esfuerzo llevar a cabo el resto de su plan. Lo primero que hizo fue dirigirse a la cerca que delimitaba la finca, justamente en el extremo norte del jardín, que daba a la carretera que conducía a Londres. Con una herramienta de podar cortó el alambrado y dejó enganchado uno de sus jerséis favoritos, que llevaba guardado en la mochila. Una vez terminada la operación, se dirigió a la fuente seca que había cerca del gran muro. Charles se quedó observándola durante unos minutos. Medía unos dieciséis pies de diámetro, estaba hecha de mármol blanco y la componían tres cuerpos. La figura de un señor con barba blanca que portaba un tridente en la mano coronaba la estructura. El pequeño se metió en la fuente e intentó buscar una puerta o un agujero sin éxito. Cuando llevaba unos veinte minutos de minuciosa búsqueda, decepcionado, empezó a pensar en abandonar su plan. De repente, una luciérnaga que emitía pequeños destellos azules pasó frente a sus ojos, se dirigió al tridente de la estatua y empezó a dar vueltas sobre él. El pequeño escaló el segundo y tercer cuerpo hasta encontrarse cara a cara con la estatua. Casi de forma instintiva, Charles agarró con fuerza el tridente del dios de piedra y lo movió hacia abajo. El brazo de la figura cedió y un sonido grave emergió del suelo. El chico bajó y se encontró con que una gran losa del fondo de la fuente se había desplazado para dar paso a unas pequeñas escaleras que se perdían en el interior de la tierra.

A la mañana siguiente, Alfred, el mayordomo, llamó con urgencia a la habitación del señor Newland. Éste ya se encontraba vestido y listo para bajar a desayunar.

- Buenos días John – dijo el mayordomo.

- Buenos días Alfred. ¿Qué ocurre? - preguntó el banquero viendo la cara de preocupación de su amigo.

- El señorito Charles. No está en su habitación.

- ¿Cómo dices?

- No ha dormido en su cama esta noche – respondió Alfred.

- Rápido, ordena a todo el servicio que busquen en toda la mansión. Los jardineros, cocheros y guardas que lo hagan en los exteriores – ordenó el señor Newland.

Diez minutos después, toda la servidumbre corría de un lado para otro, habitación por habitación, salón por salón, haciendo todo lo posible por encontrar al pequeño. Desde la ventana de su despacho, el señor Newland observó a lo lejos la fuente de Neptuno. Un mal presentimiento se adueñó de él. Bajó rápidamente hasta ella, y comprobó que estaba como siempre. No había indicios de que nadie había entrado por el pasadizo. El banquero se tranquilizó un poco. En aquel momento, Robert, el jardinero, llegó corriendo con una herramienta de podar y un jersey que el señor Newland reconoció al instante.

- Llamad a la policía. Charles se ha escapado de la mansión. Debe encontrarse en un radio de no más de diez millas de aquí. No descanséis hasta encontrarle.

PARTE III. Año 1931

Capítulo 3
Sophie

«¡Dios mío! ¡Qué cosas tan extrañas me pasan hoy! Y ayer todo pasaba como de costumbre. Me pregunto si habré cambiado durante la noche. Veamos ¿era yo la misma al levantarme esta mañana? Me parece que puedo recordar que me sentía un poco distinta. Pero, si no soy la misma, la siguiente pregunta es ¿quién demonios soy? ¡Ah, este es el gran enigma!».

Tras recitar en voz alta aquel párrafo de Las Aventuras de Alicia en el País de las Maravillas, que tantísimas veces había ensayado en su habitación, Sophie esperó en pie sobre el escenario del teatro del colegio la decisión del jurado. Los dos hombres y las tres mujeres que lo componían se miraron y se comunicaron entre sí con un gesto de negación casi imperceptible. El profesor de arte, que estaba sentado en medio, sentenció al fin:

- Lo siento Sophie. No hemos visto a Alicia en tu interpretación. Creo que deberías haberlo preparado un poco más. ¡Que pase la siguiente!

La niña regresó a casa cabizbaja. Al entrar en el número siete de King George, encontró a sus padres tomando el puntual té de las cinco. Parecían más contentos de lo habitual.

- Sophie, ven a sentarte con nosotros. Tu padre tiene una buena noticia que darte – dijo su madre.

- Por cierto, ¿cómo ha ido la prueba para la obra de Peter Pan? - preguntó el señor Walter.

- Era para... No importa. No me han dado el papel.

- Hija, ya sabes que para conseguir metas en esta vida hay que esforzarse más que el resto. Seguro que para la próxima vez lo prepararás mejor y te darán el papel.

- Entiendo... Gracias padre – dijo la niña.

Sophie deseaba subir a su habitación cuanto antes, necesitaba estar sola.

- Verás hija, como bien sabes – empezó a hablar su padre - durante estos últimos cinco años me he esforzado mucho para ascender en el banco. Según los resultados, la sucursal en la que trabajo ha sido una de las que más beneficios ha obtenido de entre todas las de la zona norte de la capital. Verás, el presidente del banco, el señor John Newland, celebra una fiesta en su mansión de campo todos los años a principios de verano. Invita a todos los altos cargos de la organización, así como a diversas personalidades del mundo de la política y las finanzas. Pues bien, esta mañana, al llegar a mi mesa, he encontrado una invitación formal a la fiesta para nosotros tres. Eso puede significar, pues no sería el primer caso, que voy a ser ascendido a director.

- Enhorabuena papá - felicitó Sophie a su padre con un tierno abrazo.

- Gracias hija. La fiesta es mañana viernes a las seis de la tarde, y normalmente suele alargarse hasta bien entrada la madrugada. Poneos vuestro mejor vestido. Será una gran noche. Sophie, pronto podrás contar a tus profesores y amigas que tu papá es director de una sucursal del Royal Bank.

La niña asintió en silencio. La palabra *amigas* producía un efecto un tanto extraño en su interior. Un efecto de vacío y tristeza, pues en aquel momento de su vida no tenía ninguna amiga. La única que tenía, Christine, dejó de serlo el verano anterior, cuando empezó a hacer amistades con un grupo de niñas de su misma clase. Un grupo al que lo único que le interesaba era vestir bien, hablar de chicos y de hípica, alardear de la buena posición de sus familias y reírse de compañeras como Sophie, que, según ellas, seguía anclada en cuentos y fantasías de niña pequeña.

Subió a su habitación y cerró la puerta. Se sentó en la silla de su escritorio. Encima de su mesa había un gran volumen ilustrado de Las Aventuras de Alicia en el País de las Maravillas. Una lágrima resbaló por su mejilla. Cogió el libro y lo guardó en el fondo de su armario. No quería verlo más.

Eran las cinco de la tarde del día de la fiesta. El señor Walter, mirando constantemente su reloj de bolsillo, reprendía una y otra vez la falta de puntualidad de su esposa. Sophie, enfundada en un bonito vestido azul, aguardaba sentada en el recibidor. Al fin su madre bajó las escaleras luciendo sus mejores galas. La familia subió al taxi que esperaba en la calle, y éste se dirigió al condado de Hertfordshire, donde el señor Newland celebraría su fiesta.

Al salir de Londres, mientras atravesaban los fértiles campos de la campiña inglesa, sumidos en una acogedora luz crepuscular, el señor Walter daba ciertas instrucciones a su esposa e hija.

- Cuando os presente al señor Newland, no hagáis nunca referencia a su familia.

- ¿Por qué? ¿Es viudo?- preguntó su mujer.

- No sólo eso. Por lo que he podido oír de empleados más antiguos, el señor Newland perdió a su único heredero cuando éste contaba con tan sólo doce años. Aquello le marcó profundamente. Por eso le gustan tanto los niños y permite que los invitados lleven a sus hijos a la fiesta.

- ¿Qué le ocurrió al hijo del señor Newland? – preguntó Sophie.

- No se sabe a ciencia cierta, pero la teoría más difundida es que una noche desapareció. Nadie lo vio, y ni siquiera Scotland Yard pudo dar con él. Fue como si se lo hubiese tragado la tierra.

Al oír aquellas palabras, Sophie recordó el momento en que Alicia cayó por la madriguera del conejo.

A las siete en punto el taxi entraba por la puerta de la finca, la más grande que la niña había visto jamás. Unos bellos jardines con varias fuentes daban la bienvenida a los invitados. Al fondo, una imponente y lujosa mansión de tres plantas se extendía de norte a sur. El taxi rodeó una gran fuente hasta parar frente a una escalinata que conducía a la entrada principal de la mansión. El conductor abrió la puerta de sus ocupantes y éstos salieron. Ante ellos, se encontraban más de treinta sirvientes y sirvientas, perfectamente vestidos y alineados de forma casi militar a ambos lados de las escaleras. Un hombre mayor, que parecía el jefe de todo el personal de servicio se dirigió al padre de familia.

- Buenas tardes señor Walter. Reciba una calurosa bienvenida del señor Newland y de todo el servicio, el cual se encontrará esta noche, para usted y su familia, a su total disposición. Esperamos que disfruten y que la velada sea totalmente de su agrado. Si lo desean, pueden pasar al salón de recepción de invitados. La señorita Claire les acompañará.

Una sirvienta acompañó a los Walter al interior de la mansión. Sophie se sentía como una princesa subiendo aquellas escalinatas. Los sirvientes le hacían una especie de reverencia a medida que pasaba por ellos.

El salón de recepción de invitados no tenía nada que envidiar al de ningún palacio real: techos altos, lámparas de cristal, extensas alfombras, cortinas de color escarlata, tapices, cuadros centenarios... Allí se encontraban otras familias que habían llegado antes, y poco a poco fueron llegando más. Durante la primera hora el señor Walter se dedicó a presentar a su familia a compañeros y a jefes. Decenas de sirvientes pasaban entre la multitud con bandejas con copas y deliciosos entremeses. En un rincón, tres violinistas y un pianista interpretaban alegres partituras que amenizaban más, si cabe, el distendido ambiente.

Tras la recepción, los invitados pasaron al salón comedor. Aquella estancia era aún más grande que la primera. Un sirviente los sentó en la mesa correspondiente, y al cabo de diez minutos todo el mundo se encontraba ya sentado. De repente todo el salón se puso en pie. Sophie no entendía qué ocurría. Por una puerta doble que había al fondo del salón, la figura de un hombre anciano y escuálido pero de porte aristocrático, hizo presencia entre un caluroso mar de aplausos. El mayordomo que les dio la bienvenida al bajar del taxi, prácticamente igual de mayor que él pero con un aparente mejor estado de salud, le ofrecía el brazo para ayudarle a caminar hasta su mesa. Aquel anciano de aspecto tan débil era el señor Newland, el presidente del Royal Bank. El hombre hizo un gesto con la mano pidiendo a sus invitados que se sentaran y todos lo hicieron al unísono. El anciano miró a un lado y a otro del salón, sonriente, satisfecho y emocionado, muy emocionado. Se tomó unos instantes para respirar y habló al fin:

- Buenas noches a todos. Bienvenidos a mi hogar. Gracias a todos por venir.

El anciano cogió aire y prosiguió:

- He dedicado una vida entera al Royal Bank of England, al igual que hizo mi padre, y que antes de él hizo mi abuelo y mi bisabuelo. Hoy nuestro banco es el segundo más importante y seguro de Inglaterra, y gran parte de ese mérito es gracias a vosotros.

El señor Newland respiró profundamente y prosiguió su discurso:

- Como saben, la línea de la familia Newland se termina en mí. Una noche como esta, hace diecinueve años, en mi despacho, soñaba despierto. Soñaba con que mi hijo continuaría mi andadura y haría del negocio familiar el mejor y mayor banco del país. Un banco donde no se vendiese dinero, sino donde se gestaran ilusiones y sueños de personas... Esa misma noche Charles desapareció, justo cuando cumplía doce años. Desde entonces he celebrado esta fiesta cada año con motivo de su cumpleaños. Estarán preguntándose por qué hablo de mi hijo esta noche. Pronto dejaré este mundo y lo haré sin heredero. Por ello, hace tiempo que estoy tomando medidas. Mañana venderé el Royal Bank a un banco alemán, propiedad de los principales dirigentes del partido Nacional Socialista. Llevo meses de negociaciones y al fin mañana haré firme la venta. No se preocupen de nada. Pronto recibirán más noticias al respecto. Ahora, disfruten de la cena.

Tras finalizar su discurso, el señor Newland se sentó en su mesa. En la sala se creó un silencio sobrenatural. Los atónitos empleados se miraron los unos a los otros. Pero poco a poco, de forma gradual, se fueron oyendo sonidos de platos y cubiertos hasta que un murmullo generalizado se hizo en todo el salón.

Sophie sintió una profunda tristeza por el banquero. Sin duda la pérdida de su hijo le había marcado de por vida.

En la mesa de los Walter los adultos hablaban entre ellos acerca de la sorprendente y reciente noticia. Había sentadas otras dos familias, cada una con una niña de la edad de Sophie. Éstas cuchicheaban y se reían entre ellas lanzando miradas inquisidoras a la primogénita de los Walter. De repente, poco a poco y en todo el salón, niños y niñas empezaron a levantarse de las mesas y a salir por una de las puertas del comedor. Sophie no entendía qué pasaba. El señor Walter, que se percató de ello, susurró a su hija:

- Lo olvidaba Sophie. Si te apetece puedes salir a jugar al jardín con los demás niños. Es costumbre en las fiestas del señor Newland que los niños se diviertan mientras los mayores hablamos de cosas importantes.

Sophie asintió y salió del salón, cualquier cosa era mejor que escuchar conversaciones aburridas. Como fue la última en salir, la niña había perdido de vista al resto de niños y niñas. No tenía ni idea de cómo llegar al jardín. Tras la puerta el pasillo se extendía a ambos lados. Tras unos instantes de duda se decidió por el de la izquierda. Después tomó uno a la derecha y otro a la izquierda, hasta que llegó a un largo corredor, enmoquetado, poco iluminado y con cuadros dispuestos a uno y otro lado. De repente una voz conocida dijo tras ella:

- Señorita... Walter, ¿verdad?

La niña se giró y vio al mayordomo anciano que les dio la bienvenida a la mansión.

- Sí, así es. Estoy intentando llegar al jardín, señor.

- Puede llamarme Alfred. Va usted en el camino correcto señorita. Con mucho gusto le acompañaré..

Sophie era una niña muy observadora, y uno de los cuadros le llamó especialmente la atención, y por ello se detuvo a observarlo.

- Él es el señor Newland, más joven. Y él debe ser su hijo Charles ¿verdad?

- En efecto señorita. Ese retrato se hizo un año antes de que el señorito se escapara.

- ¿Se escapara? Creí que desapareció - preguntó Sophie.

- Una noche el señorito se escapó de la mansión y nunca regresó. No pudimos encontrarle.

- Es una historia muy triste.

- Sí, lo es. Continuemos por favor - dijo Alfred.

Cuando llegaron al final del pasillo, el mayordomo abrió una pesada puerta de roble y llegaron a una especie de salón con las paredes y el techo de cristal. Tres mesas rodeadas de sillas de forja blanca estaban dispuestas a lo largo y ancho de la estancia. Sophie dedujo que aquello debía ser un salón para tomar el té en verano.

- ¿Por aquí han pasado los hijos de los invitados para llegar al jardín?

- No. La mayoría de ellos ya conocen el camino de otros años. Señorita, en esta mansión, como en la vida, siempre hay distintas formas de llegar a un mismo lugar.

Alfred abrió una gran puerta de cristal. Habían llegado al jardín de la mansión. Vieron a los niños correteando entre naranjos, cipreses y jazmines. Una gran luna llena ascendía en el horizonte.

- ¿Puedo hacerte una pregunta Alfred?

- Claro, señorita. Estaré encantado de responderle – afirmó el mayordomo.

- ¿Por qué cree que Charles se escapó? El señor Newland parece un buen hombre. No se me ocurren razones por la que su hijo quisiera huir de él.

El anciano mayordomo no esperaba aquella pregunta. Respiró hondo y respondió:

- Si le soy realmente sincero, señorita, siempre he tenido el presentimiento de que el señorito Charles nunca se marchó de aquí. Según me contó uno de los jardineros que trabajaba aquí por aquel entonces, el señorito estaba empeñado en entrar allí.

Alfred señaló a lo lejos una gran puerta cubierta por enredaderas, al final del jardín, en medio de un alto y viejo muro que dominaba todo el lado oeste del jardín de la mansión.

- ¿Qué hay allí?

- Un lugar maravilloso pero peligroso a la vez. Por eso el señor Newland nunca quiso que su hijo entrara.

- ¿Has estado alguna vez allí dentro? – preguntó la niña.

De repente, una luciérnaga con destellos azules se cruzó entre ellos. A Alfred se le abrieron los ojos de par en par.

- Hace muchos años que no veo luciérnagas azules por aquí. Justamente desde... – dijo Alfred.

- Es la primera vez que veo una luciérnaga azul. Es muy bonita – dijo Sophie siguiendo con la vista el vuelo del insecto.

- Y muy sabia. Puedes aprender mucho de las luciérnagas azules.

- ¿Como qué?

- Muestran el camino a seguir cuando estás perdido - dijo el mayordomo.

La niña se quedó en silencio reflexionando las palabras del anciano mayordomo. En ese momento, una sirvienta llegó buscando a Alfred. Su presencia era requerida en las cocinas.

- Tiene que disculparme señorita.

- No te preocupes Alfred. Gracias por todo.

- Tenga cuidado señorita. Pero sobre todo, disfrute de esta noche tan especial.

El mayordomo y la sirvienta se fueron. Sophie dio un paseo por el jardín. Hacía una noche realmente espléndida. No hacía frío ni calor, y podía verse casi como si fuera de día. La vegetación estaba muy cuidada, y los únicos sonidos que podían oírse eran las risas de los otros niños que jugaban por allí y algunos grillos. No intentó acercarse a ningún grupo de niñas, prefería pasear y pensar en las recientes revelaciones de Alfred.

Se dirigió a la puerta de hierro cubierta de enredaderas, al fondo del jardín. Pasó su mano por entre los barrotes. Intentó apartar las hojas para ver al otro lado de la puerta, pero la hojarasca era tan espesa que no consiguió ver nada. De repente, un pequeño resplandor la cegó por un momento. Se incorporó preguntándose qué había pasado. Miró a su alrededor y no vio nada. Al instante, de nuevo, una luciérnaga azul pasó frente a sus ojos. La niña vio como el simpático insecto daba vueltas y vueltas en torno suyo. Entonces recordó las palabras de Alfred, referente a que las luciérnagas azules eran sabias. Miró a uno y otro lado y preguntó en un susurro:

- La puerta está cerrada. ¿Cómo puedo pasar al otro lado del muro?

La luciérnaga cesó de dar vueltas y se dirigió volando velozmente hacia una fuente que se encontraba cerca. Sophie corrió tras el insecto. Cuando el coleóptero llegó a la fuente, empezó a dar vueltas alrededor de la estatua que la coronaba. La niña no entendía qué quería decirle su nueva amiga azul. Identificó a la estatua como el dios Poseidón. En su tridente, resplandecía el destello azul de la luciérnaga, que se había posado en él. Comprendió que debía subir. Comprobó primero que se encontraba lejos de la vista del resto de niños, después se quitó sus zapatos y se remangó su vestido. Se metió en la fuente y el agua le llegó hasta las rodillas. Acto seguido escaló el segundo cuerpo de la fuente. Con mucho esfuerzo, trepó hasta la estatua, pero sus pies empapados le hicieron resbalar. Se agarró al tridente de Neptuno, pero éste cedió y la niña cayó al agua. Cuando se incorporó, comprobó que estaba bien, pero se sintió un poco estúpida. Pero, ¿qué pretendía hacer? Allí se encontraba, en una vieja fuente, sola y empapada. Le entraron ganas de llorar. Pero pronto se percató de que el nivel del agua estaba bajando. A los pocos segundos, el agua desapareció y ante ella se abrió una escalera que conducía al subsuelo. La luciérnaga se introdujo rauda en el pasadizo. Sophie no se lo pensó dos veces y bajó por la escalera. Una vez abajo, el sonido sordo de una piedra deslizándose sonó a sus espaldas. El pasadizo se había cerrado. Ya no había vuelta atrás.

Capítulo 4

Margaret

Sophie recorrió el angosto y oscuro pasadizo subterráneo con la luciérnaga como única guía. Pronto empezó a distinguir otra escalera al final del corredor. Subió por ella y emergió de nuevo al exterior. La niña se sintió muy contenta de haber podido alcanzar su objetivo: había conseguido pasar al otro lado del muro, pero se sentía sola y algo temerosa de lo que allí podría encontrarse. Observó su alrededor. Lo primero que se percató fue de la luz. La luna seguía llena en lo más alto del cielo, pero la luz que emitía tenía un ligero tono azulado que bañaba todo aquel lugar. La entrada por la que había conseguido entrar al jardín era una enorme boca de una gran cara de piedra, perteneciente al horrible rostro de Medusa, un ser mitológico que tenía por cabellos terribles serpientes. No se oía nada, ni siquiera la algarabía de los niños que estaban al otro lado del muro. En efecto aquello era un jardín, pero no era como el de la mansión, éste mostraba signos evidentes de muchos años de abandono. La verdina cubría la mayor parte de las piedras y de los maceteros, los árboles eran viejos y muy altos, y el suelo se había convertido en una fina alfombra verde. Sin embargo, las dos fuentes que estaban al alcance de su vista seguían vertiendo agua, y los setos y arbustos que podía ver seguían teniendo una apariencia más que correcta. Caminó acariciando las hojas de los árboles, el agua de las fuentes, oliendo las flores... Se acercó a una especie de piedra vertical que estaba clavada en la tierra. Apartó las hojas de una enredadera que cubría su parte frontal y se dio cuenta de que había una inscripción en latín en ella. Los conocimientos básicos del idioma que adquirió en el colegio hicieron posible que leyera lo siguiente:

"Runa I. Sea bienvenido. Si desea iniciarse en la gran gesta de encontrarse a sí mismo comience ahora su camino. Las luciérnagas azules le guiarán."

- Qué extraño – se dijo a sí misma.

- Hay muchas piedras como esta en el jardín - dijo una voz tras ella, que provocó que se llevara un gran susto. Se giró rápidamente y vio a una niña de su edad, quizá de un año o dos menos que ella, de pelo castaño y tez blanca, muy blanca. Llevaba puesto un vestido de color anaranjado un poco raro. Tenía un rostro amigable y por ello se tranquilizó.

- ¿Me has seguido? - preguntó Sophie.

- Te he visto observar la runa y me preguntaba si sabrías leerla.

- Sí, claro que sí. Pero no entiendo bien lo que quiere decir.

- Yo tampoco demasiado - dijo la niña riéndose tímidamente.

- Mi nombre es Sophie. ¿Y el tuyo?

- Margaret.

- Encantada Margaret. No recuerdo haberte visto en la fiesta.

Margaret se encogió de hombros y rió de nuevo. A Sophie le pareció una niña un tanto extraña, pero simpática.

- No vengo de ninguna fiesta - contestó Margaret.

- Entonces, ¿tu padre trabaja para el señor Newland?

- Mi padre construyó este jardín – dijo Margaret.

- ¿De verdad? Supongo entonces que conocerás los secretos de este lugar.

- No todos - contestó Margaret un poco seria.

Sophie entendió que había dicho algo que no debía. No quería que se fuera y por eso dio un giro a la conversación.

- ¿Te apetece que demos un paseo y me enseñas el jardín?

- ¡Claro! Estaré encantada - respondió Margaret iluminándosele la cara de alegría.

Las niñas iniciaron un tranquilo paseo siguiendo una estrecha senda. Aunque a Sophie le hubiese gustado hacer más preguntas a aquella misteriosa chica, se contuvo pensando en que habría tiempo de resolver ciertas cuestiones, aún quedaba mucha noche por delante.

Pasaron por numerosas estatuas. Margaret hacía las veces de guía, pues iba explicando a Sophie el nombre de cada una de ellas: Zeus, Marte, Era, Flora, Hércules, Mercurio o Hermes... Sophie consiguió distinguir algunas de ellas antes de que su amiga los nombrara y, poco a poco, aquello se convirtió en un entretenido juego.

Al rato llegaron a un gran estanque circular. Las aguas eran de color azul oscuro y mostraban un reflejo muy aumentado de la luna. En el centro había un pequeño islote con un templete de color marfil en él. Sophie, desde lejos, adivinó una serie de destellos azules en su interior.

- ¡Allí hay más luciérnagas azules! - exclamó Sophie.

- Sí, tienes razón. Hay muchas por aquí.

- Tenemos que llegar a aquel templete.

- ¿Para qué? – preguntó Margaret.

- Ellas nos indican el camino. Seguro que allí encontraremos otra runa.

Margaret acompañó a Sophie a un pequeño embarcadero. Subieron a un pequeño bote y entre las dos, con algo de esfuerzo, consiguieron remar. El centro del estanque estaba más lejos de lo que Sophie pensaba. Margaret señaló al agua. Las niñas se quedaron asombradas por la gran cantidad de peces que allí habitaban, los cuales, al nadar reflejaban preciosos destellos verdes y azules a la luz del astro. Era un espectáculo maravilloso. Siguieron remando y llegaron al centro del estanque, donde había un nuevo embarcadero. Las niñas bajaron de la barca y se dirigieron al interior del templete. Efectivamente, seis luciérnagas de color azul giraban en torno a una piedra vertical, en la que había escrito un nuevo mensaje en latín:

"Runa II. Disfruta de las maravillas que este mundo te ofrece, pero no olvides nunca hacia dónde te diriges."

- Vaya, esto me está gustando. Me parece un juego de lo más interesante y misterioso. ¡Tenemos que encontrar más runas! – exclamó Sophie.

- De acuerdo - dijo Margaret sonriendo a su nueva amiga.

Las niñas volvieron a subirse al bote y a remar para salir del estanque. Cuando llegaron a la orilla tomaron una nueva senda que les llevó a un pequeño bosque. Los árboles eran muy altos y fuertes, y sus ramas se entrelazaban entre sí formando una especie de techo casi perfecto. A través del él se filtraba la luz de la luna, dando lugar a una serie de rayos azules que cruzaban verticalmente aquel pasillo natural. A ambos lados de la senda había colocados bancos para sentarse y altos jarrones de piedra de los que caían racimos de flores de color violeta.

- Nunca he estado en un lugar tan bonito - dijo Sophie intentando tocar los rayos de luz azul con la mano.

- Me alegro de que te guste - dijo Margaret sonriendo.

Una luciérnaga pasó junto a ellas para perderse al final del bosquecillo. Las niñas aligeraron el paso, pues comprendieron que iban por buen camino. Al salir, se encontraron en una gran explanada donde se alzaban decenas de fuentes blancas octogonales, de las cuales fluían chorros de agua que formaban en el aire dibujos imposibles.

- No veo ninguna luciérnaga por aquí - comentó Sophie.

- Busquemos entonces - dijo animada Margaret.

Las dos niñas pasearon entre las fuentes durante un buen rato. Cuando casi las habían visto todas, Sophie vio una pequeña lucecita azul dando vueltas en una de ellas. La niña fue hasta ella y la rodeó, hasta que, en un determinado ángulo de visión pudo leer, atónita, cómo los chorros de agua formaban un mensaje en el aire:

"III. Haz cosas extraordinarias".

Tras aquel descubrimiento, Sophie preguntó a su amiga la finalidad de esos mensajes.

- No lo sé. Mi padre aún no ha podido explicarme muchas cosas del jardín - contestó Margaret.

- ¿Dónde está tu padre? - preguntó Sophie.

El rostro de Margaret se volvió más pálido aún y su sonrisa se apagó.

- Perdona Margaret. No volveré a mencionar a tu padre.

Tras unos instantes de un silencio algo incómodo, Sophie volvió a preguntar:

- ¿No hay nadie más aquí?

- Bueno, hay luciérnagas, peces, ardillas, búhos...

- ¿Y personas?

- Hace unas horas me encontré con un niño. Parecía que iba con mucha prisa. Lo vi de lejos, creo que él no me vio.

- ¿Cómo era? – se interesó Sophie.

- Tenía más o menos nuestra edad. Tenía el pelo negro y una especie de bolsa atada a la espalda.

Sophie imaginó por un momento que podía tratarse de Charles, el hijo del señor Newland escapándose de la mansión.

Pero al instante se dio cuenta de la idea tan descabellada que era: de aquello hacía casi veinte años.

- ¿Hacia dónde se dirigía?

- Muy lejos de aquí. A uno de los pocos lugares que no he visitado. Mi padre me advirtió que jamás entrase allí.

- ¿Y qué lugar es ese?

- Se llama El Laberinto del Minotauro.

El recinto donde se encontraban tenía ocho salidas. Sophie miró hacia cada una de ellas. En la entrada norte, bajo un bonito arco de piedra cubierto de enredaderas, se encontraba una nueva luciérnaga, revoloteando en círculos.

- ¿Por dónde se va al laberinto? - preguntó decidida Sophie. Margaret palideció. La chica señaló al arco norte, justo donde se hallaba el insecto azul.

- Vayamos al laberinto. Además de la dirección que nos está marcando esa luciérnaga, tengo un presentimiento – sentenció Sophie.

En efecto, algo muy dentro de Sophie le decía que fuera al laberinto. Era algo completamente irracional. Que el niño que Margaret afirmaba haber visto se tratase del heredero del señor Newland le parecía imposible, pero ¿acaso esa misma mañana cuando se levantó pudo imaginarse que durante la noche estaría en un lugar como ese?

- Sophie, el laberinto es peligroso – dijo Margaret.

- Tranquila, yo te protegeré. Si no vamos, me quedaré con esta incógnita toda mi vida.

Margaret volvió a sonreír. Nadie, desde que vio por última vez a su padre, la había protegido. Las niñas cruzaron el arco norte, siguiendo las indicaciones de la luciérnaga azul, en dirección a su propio destino.

Capítulo 5

El Templo de Artemisa

Las niñas anduvieron durante un buen rato por una senda que cruzaba una extensión de terreno donde no existía prácticamente ningún elemento propio del jardín, tales como estatuas, setos, fuentes o templetes. La vegetación era más salvaje y no mostraba un orden concreto. El terreno iba ascendiendo y descendiendo a razón de suaves colinas.

- ¿Qué es este lugar? - preguntó Sophie.

- Son las Colinas de los Templos. Más adelante hay siete colinas con un templo en lo alto de cada una de ellas, dedicado a un dios griego distinto: Hefesto, Artemisa, Apolo, Atenea, Hermes, Dionisio y... No recuerdo el último.

- ¿Has entrado en ellos?

- En casi todos. Si quieres podemos visitar alguno - sugirió Margaret con una gran sonrisa.

- De acuerdo, pero antes me gustaría descansar – propuso Sophie.

Las niñas se sentaron sobre la fresca hierba a varios pies de la senda. Sophie se encontraba como en otro mundo, nunca imaginó que pudiese existir un lugar así. Pero sobre todo, se sentía contenta por la nueva amiga que acababa de conocer.

- Sabes, no tengo muchas amigas. De hecho, si he de serte sincera, no tengo ninguna - dijo Sophie mientras recogía flores de su alrededor para juntarlas en forma de ramo.

- Yo tampoco tengo amigas. Desde que mi padre se fue me siento muy sola.

- ¿Dónde vives entonces?

- Aquí. El jardín es mi hogar.

- ¿Vives sola?

- Sí - dijo Margaret ruborizándose.

- Después de ir al laberinto, saldremos de este jardín y mi padre se encargará de que busquen al tuyo.

- Eso no puede ser. No puedo salir de aquí.

- ¿Cómo? No puedes decir eso. Este lugar es hermoso, pero hasta Alicia quiso abandonar el país de las maravillas para volver a casa. No puedes vivir aquí sola.

Margaret se quedó callada unos segundos y después habló:

- No conozco a esa Alicia. Sophie, mi padre me dijo que lo esperara. Estoy segura de que aparecerá en cualquier momento.

- Podrías venir a casa, aunque sea por algún tiempo – dijo Sophie.

De repente, una luciérnaga azul pasó entre las dos niñas y voló siguiendo la senda.

- ¡Vamos! ¡Tenemos que seguirla! – apremió Margaret, levantándose y echando a correr tras el puntito azul volador.

Sophie, algo más descansada, se puso en pie y siguió a Margaret. Las niñas bajaron la colina y subieron otra, volvieron a bajar y a subir la siguiente. En la cima encontraron un templo de color marfil junto a la senda. No era muy grande, estaba rodeado de altas columnas y no tenía techo. Las niñas entraron tras la luciérnaga. El suelo era blanco y brillante. En medio había una gran piedra circular mirando hacia el cielo estrellado. En su centro, se levantaba altiva una estatua de Artemisa. La diosa de la luna portaba un arco con flechas a su espalda y tenía a sus pies un pequeño ciervo encabritado. Sophie observó detenidamente aquella estructura pétrea. En el pedestal de la estatua había grabada la siguiente inscripción:

"Runa V. El resplandor azul de la luna da vida a este jardín. Su duración es sólo de una noche y ocurre cada mucho tiempo. Este reloj de luna indica cuándo sucederá de nuevo".

Una flecha que la diosa Artemisa agarraba con la mano, proyectaba una sombra alargada sobre la piedra. El reloj tenía tallados varios círculos concéntricos. En el más exterior, que estaba marcado con la palabra "ANNVS", años en latín, la sombra caía sobre el número XII. En un círculo más interior, correspondiente a los meses, marcaba el número I. Finalmente, en la tercera y última circunferencia de números, que en este caso se trataba de los días, la sombra tocaba el número VII.

- Doce años, un mes y siete días. Deduzco que tu padre construyó este sistema para saber cuándo volverá a haber una nueva luna azul. Supongo que se trata de ese extraño resplandor azul de la luna - adivinó Sophie.

- Desde que entré en este jardín, la luz de la luna siempre ha sido azul - comentó Margaret.

A Sophie aquello le sonó un tanto extraño, pero no quiso hacer ninguna pregunta al respecto. Necesitaba pensar y encajar todo aquello. Margaret era una niña un tanto fuera de lo común, al igual que aquel lugar. Sophie se propuso solucionar todo aquel misterio.

- Salgamos y sigamos de nuevo la senda - sugirió Sophie.

Las niñas salieron del templo y continuaron su camino. Subieron y bajaron más colinas, encontrándose con otros bellos templos, pero no entraron al no ver ninguna otra luciérnaga. Siguieron hasta que pasaron por un nuevo arco.

- Este lugar te gustará. Sígueme - dijo Margaret muy contenta.

El arco dio paso a un cambio de aspecto en cuanto a vegetación, más cuidada y ordenada que en las Colinas de los Templos. El terreno ascendía de forma muy abrupta, y para subirlo existían decenas de tramos de escaleras blancas repartidas por toda la ladera. Incrustadas en la roca había estatuas gigantes de figuras humanas, de treinta o cuarenta pies, cubiertas de verdina. Daban un poco de miedo, pues aunque se encontraban en situación de reposo, como si durmieran en un sueño eterno, las expresiones de sus caras eran feroces. Mientras subían las escaleras, Sophie preguntó a Margaret:

- ¿Estos gigantes son también dioses?

- Casi. Son titanes. Por eso este lugar se llama el Valle de los Titanes - respondió Margaret.

Después de subir durante un buen rato, al llegar a la cima, Sophie se acercó al borde de lo que parecía un gran precipicio. La imagen que vio en ese momento fue sin duda la más bella que la niña recordaría el resto de su vida. Delante de ellas había otra ladera vertical aún más alta y escarpada, de la cual caían cientos de pequeñas cataratas de color turquesa y verde esmeralda. La caída tan alta de agua provocaba una fina nube de agua que filtraba los rayos de la luna para crear bellos y pequeños arcoíris nocturnos. Destellos de luciérnagas jugaban por entre las cortinas de agua, creando bonitas estelas azules.

- Oh, Margaret. Sin duda es el lugar más bonito que he visto nunca. Tienes suerte de vivir aquí - dijo una absorta Sophie.

- Este lugar es muy especial para mí. Cuando me siento sola suelo venir aquí para sentirme mejor. Sígueme – dijo Margaret señalando el camino a seguir.

Las niñas bajaron una pequeña escalera hasta encontrar un pequeño y estrecho camino que, según Margaret, recorría todo el desfiladero, rodeando todo el valle. Cuando llegaron al otro extremo, la senda se introducía por detrás de las cataratas, las cuales formaban unos fantásticos pasillos acuáticos, llenos de color y belleza. Sophie metió su mano en una fina cortina de agua color turquesa. Sintió el frío líquido, y comprobó con alegría que aquello era real, que aquella noche se encontraba en un lugar maravilloso. Al salir de las cataratas el camino estaba cortado. Un desprendimiento había hecho que un parte de la senda desapareciera.

- ¡La última vez que pasé por aquí el camino estaba perfectamente! ¡Volvamos atrás, conozco otra ruta! - dijo Margaret alzando la voz debido al fuerte sonido de las cataratas.

Sophie no quería retroceder. Miró hacia todos lados a fin de buscar una salida alternativa. Después de unos instantes, hizo una señal a Margaret para que mirara hacia abajo. Ésta observó tres luciérnagas volar en círculo sobre la bruma al fondo del profundo valle.

- ¡¿Quieres que saltemos?! - gritó Margaret.

- ¡¿Hay suficiente profundidad ahí abajo?!

- ¡No saltes Sophie! ¡Es peligroso!

Sophie dudó unos instantes. Después volvió a preguntar.

- ¡Tienes que decirme si hay suficiente profundidad!

- ¡Supongo que sí, pero no saltes Sophie! – rogó Margaret.

- ¡Las luciérnagas marcan el camino! ¡Además, a veces hay que hacer cosas extraordinarias!

Sophie miró con expresión decidida a su nueva amiga y se dejó caer. Aquellos instantes fueron largos e intensos, y fueron muchas imágenes las que le vinieron a la mente mientras atravesaba arcoíris y nubes de agua: el día en que cumplió siete años y su padre le regaló el libro de Las Aventuras de Alicia en el País de las Maravillas, el día en que su mejor amiga dejó de hablarle, el primer día de las clases de teatro del colegio... Después, el sonido sordo del impacto contra el agua, el cual la dejó aturdida durante unos instantes. Cuando abrió los ojos, se encontraba flotando en las profundidades de un lago. Los rayos de la luna conseguían infiltrarse bajo el agua para producir un espectáculo acuático sublime, casi espectral. Había peces multicolores, como los que había visto en el estanque circular. A pocos pies de ella había cuatro sarcófagos con varias columnas alrededor, algunas de ellas rotas. Sophie nadó hasta ellos. Sobre la tapa de la mayor de las tumbas había una inscripción:

"Runa VI. Aquí descansa el arquitecto de este universo. La muerte nunca debe detener a los vivos".

Tras leerla, Sophie ascendió rápidamente hasta llegar a la superficie, inspirando una gran bocanada de aire. Miró a su alrededor. No veía ni oía nada debido al impacto de las cataratas contra el lago. Al cabo de unos segundos pudo oír débilmente su nombre en la lejanía. Miró hacía todos lados hasta que vio, subida en la rodilla de un gigante de piedra incrustado en la roca, a Margaret llamándola.

Sophie nadó hacia ella, y su amiga le ayudó a salir del agua.

- ¿Estás bien? - preguntó preocupada Margaret.

- Creo que sí - dijo tosiendo Sophie.

- ¿Has visto algo ahí abajo?

- He visto una nueva runa – dijo Sophie tosiendo.

- ¿Qué decía? – preguntó Margaret.

Sophie iba a contestar cuando recordó que la inscripción se hallaba sobre lo que parecía ser, la tumba del constructor del jardín.

- No he podido leerla. Allí abajo todo está muy oscuro - respondió Sophie.

Las niñas se incorporaron y subieron por unas escaleras que las llevaron a la cima. Una vez allí se encontraron con un tranquilo camino de setos que les llevó hacia otra plaza octogonal con un arco en cada uno de sus lados. El arco por el que entraron tenía como inscripción "El Valle de los Titanes". Otros mostraban nombres como: "El Templo del Agua", "Las Grutas Australes", "El Bosque de los Búhos", "El Canal de Babilonia", "La Pirámide de Orión", "El Jardín Botánico" y "El Laberinto del Minotauro".

Una luciérnaga azul rozó la mano de Sophie y se dirigió al arco del laberinto.

- ¿Estás segura de que quieres entrar? - preguntó muy seria Margaret.

- Nunca he estado tan segura de nada - dijo convencida Sophie.

Las dos niñas cruzaron el arco. En ese momento, un grito aterrador, semejante al de un animal salvaje, se pudo oír en la lejanía, justo en el lugar donde ellas se dirigían.

Capítulo 6
El Laberinto del Minotauro

Las niñas se encontraron con un camino de baldosas de color púrpura. Al final de aquella calzada hallaron un gran arco de piedra que correspondía a la entrada del laberinto. Antes de continuar las dos amigas se detuvieron y se miraron entre ellas. Sophie cogió la mano de Margaret y ambas se sintieron un poco más seguras. Entraron al laberinto. Los verdes pasillos eran amplios y altos, hechos de setos muy bien recortados. Durante un buen rato, las niñas fueron tomando distintos caminos, doblando esquinas, decidiendo en cada bifurcación qué nueva dirección tomar...

- Estoy un poco cansada - dijo Margaret.

- Aguanta un poco más. Estoy segura que pronto veremos una luciérnaga que nos muestre el camino - dijo convencida Sophie.

Las niñas continuaron avanzando, o al menos eso creían. Pero al fin, tras una esquina, encontraron un pequeño arco de setos y, tras él, una especie de pequeña estancia cuadrada con una piedra vertical en el centro. Sophie se dirigió veloz y contenta a verla.

- Eso no es una runa - comentó Margaret.

- No, es algo mejor, es un mapa del laberinto.

Sophie sintió un escalofrío por el cuerpo. Aquel mapa mostraba un laberinto realmente monstruoso, unas diez veces mayor del que ella esperaba que fuese. En el centro del laberinto, había una inscripción que decía: “Cubil del Minotauro”. Como no podían llevarse consigo el mapa, entre las dos consiguieron memorizar el camino al centro del laberinto. Les llevó un buen rato, pero al fin, cuando consiguieron repetirlo correctamente varias veces, iniciaron el largo camino hacia el cubil.

Después de decenas de constantes giros a la izquierda y a la derecha, las niñas, consiguieron llegar a su destino. Aquel lugar era realmente tétrico. Era una gran explanada delimitada por muros de setos muy altos. Repartidas entre todo el recinto, había grandes estatuas de seres monstruosos: una hidra, un cíclope, un dragón bicéfalo... Pero no encontraron ni rastro del minotauro, que era una especie de híbrido entre un humano y un toro. A Sophie le pareció ver entre dos estatuas un esqueleto humano. Fue hacia él, pero de repente, por fin, una luciérnaga azul pasó ante los ojos de la niña y voló rauda hacia uno de los rincones de aquel terrorífico recinto. Las amigas se dirigieron hacia allí y encontraron una descomunal y monstruosa cara de piedra que sobresalía del suelo. Aquello parecía la entrada a algún lugar subterráneo. Las niñas descendieron por las escaleras con las manos fuertemente unidas. Cuando llegaron abajo todo estaba muy oscuro, hacía frío y el aire era muy húmedo.

- Subamos. No se ve nada - dijo Margaret.

- Espera.

A Sophie se le había ocurrido algo. Sabía que era realmente absurdo, pero decidió hacerlo. Entonces gritó:

- ¡Charles! ¡Charles!

Las niñas se quedaron después en silencio, aguzando el oído por si recibían alguna respuesta. No se oyó absolutamente nada.

- Vamos Sophie, subamos. Aquí no hay nadie – animó Margaret.

- No, espera. ¡Charles! ¡Charles! ¡Charles Newman! – gritó Sophie aún más fuerte.

A los pocos segundos, la voz de un niño se oyó en la lejanía.

- ¡Estoy aquí! ¡Socorro! ¡Necesito ayuda!

A Sophie le dio un vuelco el corazón.

- ¡¿Dónde estás, Charles?!

Hubo un pequeño silencio, y después un rayo de luz apareció desde el fondo de aquella oscura gruta.

- ¡Sigue la luz de mi linterna! – dijo la voz del niño.

Las niñas corrieron hacia donde provenía aquella luz, teniendo cuidado de no caerse, pues incluso con la luz de la linterna, la oscuridad seguía siendo muy acusada. Durante el trayecto, Sophie temió ver el terrible estado en el que se encontraría Charles. Diecinueve años desde su desaparición encerrado en aquella oscura gruta... Las niñas llegaron a una jaula de barrotes muy gruesos y oxidados. Para sorpresa de Sophie, encontraron dentro de ella a un niño de unos once o doce años, con una expresión de alegría mezclada con un temor indescriptible. Sophie no entendía nada. ¿Cómo era posible que después de tantos años, Charles tuviera la misma edad que cuando se escapó de casa?

- Por favor, sacadme de aquí. Las llaves de la cerradura están colgadas allí - dijo el niño apuntando con su linterna hacia la pared opuesta a donde estaba situada la jaula.

Margaret corrió hacia a ellas para cogerlas.

- ¿Quién te ha encerrado aquí? - preguntó Sophie.

- El minotauro. Y no sé cuándo volverá, así que por favor, sacadme de aquí rápido - dijo Charles mirando hacia todos lados.

Margaret llegó con las llaves y abrió la puerta. Un fuerte chirrido resonó en aquella lúgubre mazmorra.

- Muchas gracias. Ahora salgamos de aquí antes de que el monstruo regrese - apremió Charles.

Pero un pequeño destello azul se cruzó ante los ojos de Sophie y voló hacia la profundidad de la gruta.

- No, hay que ir por aquí - dijo Sophie apuntando con su dedo índice hacia donde se dirigía la luciérnaga, en dirección opuesta a la salida.

- ¿Cómo? Estás loca. El minotauro puede estar allí. No hay tiempo - dijo Charles.

- Allí debe haber una runa. Estoy segura. Esperadme aquí.

Sophie avanzó en la oscuridad siguiendo el puntito azul. Cuando llevaba casi cien pasos, la luciérnaga se detuvo e iluminó un trozo de pared de la gruta, donde un mensaje tallado en la roca decía lo siguiente:

"Runa VIII. A veces los caminos discurren por lugares tenebrosos, pero no debes olvidar que muchas veces son parte de la ruta a seguir. Por muy sombríos que parezcan, una sola gota de luz es suficiente para destruir la oscuridad".

Bajo el mensaje había una palanca de metal. Sophie dudó unos instantes pero al final decidió accionarla. Una serie de sonidos que la niña identificó como engranajes, empezaron a sonar estruendosamente por toda la gruta. Al instante, cientos de rayos azules procedentes del exterior inundaron la mazmorra. Sophie volvió con Margaret y Charles. De repente, un grito aterrador estalló en el fondo de la gruta. Los niños corrieron hacia la escalera por la que habían entrado. Un nuevo grito rugió tras ellos, esta vez más cerca. Salieron por la boca de piedra y llegaron de nuevo a la estancia de los monstruos. Sophie se percató al salir de nuevo a la superficie, que la luna ya no estaba en lo más alto del cielo: estaba empezando a descender. Los niños corrieron hacia uno de los arcos de setos para salir de allí. Charles miró hacia atrás y gritó:

- ¡El minotauro!

Las niñas se giraron y observaron con espanto como un ser deforme, humano, pero con el rostro parecido al de un toro, avanzaba hacia ellos rápidamente con un gran hacha en la mano y lanzando bufidos de enojo.

Corrían desesperados por los pasillos del laberinto. El monstruo olisqueaba el aire para conocer exactamente el camino que debía seguir para alcanzar a sus presas. Sophie iba la primera, y no tenía la más remota idea de qué ruta seguir. Sentía verdadero pánico a la vez que grandes remordimientos por haber llamado la atención del monstruo activando la palanca. Por su culpa iban a ser capturados, o peor aún, devorados. Corrían tanto como podían, casi mareados por los continuos giros y cambios de dirección. Cada vez sentían los pasos y bufidos más y más cerca. Pero cuando la llama de la esperanza estaba a punto de apagarse, una nube de luciérnagas azules apareció. Sophie dio un grito de alegría y las siguió. Bastante cansados, los niños cruzaron un gran arco y dejaron atrás los muros de setos. Habían conseguido salir del laberinto. Aparecieron en una especie de jardín botánico, donde podían distinguirse cientos de especies distintas de flores, arbustos y árboles perfectamente colocados. Al fondo, Sophie distinguió una especie de invernadero, que más bien parecía un palacio de cristal. La nube de luciérnagas se dispersó hasta que se perdió de vista.

- ¡Entremos allí! - gritó Sophie.

Los bufidos se hicieron más fuertes. Los niños se percataron de que el monstruo había conseguido salir también del laberinto y casi los alcanzaba. Los chicos entraron en el invernadero y se escondieron tras un gran arbusto. La bestia rompió brutalmente la puerta de cristal con su hacha y entró.

Capítulo 7

La Runa Número Trece

El minotauro se detuvo en la entrada del palacio de cristal y olfateó el aire. Los niños pudieron ver al monstruo quieto y a poca distancia. Sophie se dio cuenta de que no tenía ojos, por lo tanto no podía ver, por eso se guiaba por su olfato. A Margaret le resultó familiar aquel horrible rostro. En un instante el monstruo giró su cabeza y avanzó hacia ellos con grandes y pesados pasos. Los niños echaron a correr.

- ¡Tenemos que dispersarnos! - gritó Charles.

Las niñas le hicieron caso y cada una tomó una dirección distinta. El monstruo, que no paraba de olfatear, se percató de ello y decidió perseguir a Margaret. En más de una ocasión pudo casi acertar en dar un hachazo a la niña, pero ésta era rápida y escurridiza. Entonces Sophie tuvo una idea al ver una luciérnaga revolotear sobre una enredadera.

- Ayúdame a coger esa yedra - gritó Sophie a Charles.

Los niños agarraron la larga y flexible planta trepadora, y se dedicaron a atarla a un pie del suelo entre una columna de hierro y una estatua de Teseo que allí se encontraba, con el fin de hacer tropezar al minotauro. Y así fue. No pasó mucho tiempo en que Margaret se percatara del plan de Sophie e hiciera pasar el monstruo por allí. Corría a grandes pasos, sediento de muerte con el hacha en mano. Al pasar por la trampa su pie izquierdo se enganchó y cayó estrepitosamente al suelo. Los niños no supieron si rugía de dolor o de enfado. En cualquier caso, la estatua del guerrero griego empezó a tambalearse. Los niños estaban en pie, observando la escena muy atentos. Teseo cayó encima del monstruo, y la espada que portaba se hundió en su pecho. Un horrible grito de dolor, en esta ocasión, más humano que de animal, fue el preludio de la muerte de la bestia. Un charco de sangre alrededor del monstruo fue haciéndose más y más grande. Los niños ahogaron un grito y salieron del palacio de cristal. Atravesaron el jardín botánico y tomaron, ya más tranquilos, una senda con bustos de emperadores romanos. Al final de ese camino, se sentaron a descansar en un banco de mármol que había junto a una gran fuente. Los niños guardaban silencio, aún impactados por los recientes y peligrosos hechos que acababan de vivir. Margaret fue la primera en hablar.

- Ahora el jardín es un lugar seguro. ¿Vendréis a verme otra noche?

Charles se interesó por la extraña pregunta de Margaret. Sophie le explicó que ella era hija del constructor del jardín, y que desde que él desapareció, ella vivía allí.

Sophie, desde que vio el reloj de luna se había hecho muchas preguntas que no podía responder. Pensó en que había llegado la hora de hallar respuestas.

- Charles, Margaret. ¿En qué año estamos? - preguntó Sophie.

Margaret contestó «mil setecientos setenta», y casi simultáneamente Charles dijo «mil novecientos doce». Los niños se miraron entre sí, extrañados.

- Los dos os equivocáis. El año en el que vivimos es mil novecientos treinta y uno.

- ¿Qué estás diciendo? - dijo Charles riendo. Margaret miraba a Sophie con los ojos bien abiertos.

- Lo que estás oyendo. Charles, en este momento, deberías tener unos treinta años - dijo Sophie de la forma más amable que pudo.

- No digas tonterías. Hoy he cumplido doce. Esta tarde cené con mi padre para celebrarlo. Me escapé, entré en el jardín por la fuente de Neptuno, llegué al laberinto, el minotauro me capturó y me encerró en aquella mazmorra. Ha sido una noche muy larga y no me apetece oír cuentos de una niña boba.

- Ha sido una noche tan larga que ha durado diecinueve años – sentenció Sophie.

Charles se quedó en silencio. ¿Sería aquello posible? ¿Estaría bromeando aquella niña de ojos azules? A él realmente le parecía que no.

- No es posible – dijo Charles.

Sophie lo miraba fijamente a los ojos, sin decir nada.

- Entonces, mi padre...

- Sí, Charles. Tu padre dejó de buscarte hace ya mucho tiempo.

El niño se levantó del banco y se fue a una fuente que había cerca. Necesitaba estar solo para digerir aquella gran revelación. Sophie miró a Margaret y vio que la niña estaba aún más pálida que de costumbre.

- Entonces, eso quiere decir, que llevo vagando por este jardín durante más de ciento cincuenta años - dijo Margaret con sus ojos verdes brillando a causa de la emoción.

- Sé que es difícil de entender, hasta es difícil de explicar. Es ilógico, una auténtica locura. Pero es la única explicación que parece haber – dijo Sophie.

- Mi padre, lleva todos esos años desaparecido... – dijo Margaret para sí misma

- ¿Cuándo lo viste por última vez?

- No estoy segura. Aquí siempre es de noche. Es difícil no perder la noción del tiempo – respondió Margaret.

En ese momento una luciérnaga azul pasó frente a ellas y fue a parar a la fuente donde Charles lloraba. Sophie observó que tras la cortina de agua circular de la fuente había una inscripción. La niña se levantó, se dirigió hacia ella, atravesó la cortina de agua y se encontró a la luciérnaga revoloteando sobre una inscripción tallada en la piedra. Leyó:

"Runa XIII. El camino no termina aquí. La piedra te transportará por el río del tiempo y te dará la inmortalidad bajo los límites del jardín. Las lunas azules son los embarcaderos que te permitirán entrar y salir de él."

En ese momento, Sophie recordó las palabras de Alfred, la luna, las luciérnagas de color azul, los mensajes de las runas,

Margaret, el reloj de piedra, Charles... Todo empezó a encajarle. La niña salió de la fuente y miró hacia el cielo. La luna iba descendiendo y estaba cada vez más baja en el horizonte.

- Tenemos que irnos, y rápido. Debemos salir del jardín antes de que la luna se ponga – apremió Sophie a sus amigos.

Charles y Margaret no entendían el porqué de las palabras de Sophie.

- Esta noche es luna azul. Es una especie de fenómeno astronómico. No sé realmente en qué consiste, pero es la causa de que las luciérnagas tomen ese color azulado. El jardín es un lugar especial, donde existe una especie de conexión con el *río del tiempo*. Las noches de luna azul, que se producen una sola vez cada varios años, son la entrada y la salida a ese río. ¿Acaso no lo entendéis? Si no salimos de aquí, no tendremos una nueva oportunidad hasta la próxima luna azul, que ocurrirá dentro de doce años, un mes y siete días. Margaret, la noche que tu padre desapareció y que entraste en el jardín, seguro que fue luna azul. Y tú, Charles, el día en que te escapaste para entrar en el jardín, seguro que también lo fue.

- Creo que sí. ¿Pero qué ocurre entre una luna azul y otra para las personas que se quedan dentro? Yo no he notado nada. Para mí sólo han pasado unas cuantas horas - preguntó Charles.

- No lo sé exactamente, pero no nos vamos a quedar para averiguarlo. Tenemos que irnos de aquí ya - dijo Sophie preocupada, observando la luna en su rápido descenso.

Capítulo 8

El Reencuentro

Los niños corrían todo lo deprisa que podían a través de sendas, colinas y bosques, bien atentos a la luna, a la que le faltaba muy poco para tocar el horizonte. El tiempo y la luz los tenían en su contra. Después de casi media hora de frenética carrera, llegaron al punto de partida de Sophie, a la boca gigante de Medusa, que llevaba al pasadizo con el que lograrían salir del jardín.

- Justo a tiempo. Vamos, por aquí - dijo Sophie entrando por la boca de piedra.

Charles siguió a la niña, pero Margaret se quedó en pie, quieta frente a los ojos de Medusa.

- Margaret, vamos, ¿a qué esperas? - apremió Charles.

- Salid vosotros. Yo me quedo - dijo Margaret.

Sophie y Charles se miraron mutuamente y volvieron a salir en busca de su amiga.

- Margaret. Vamos, no hay tiempo. Aquí estás sola. No tienes a nadie - dijo Sophie.

- Tengo que esperar a mi padre. Dijo que vendría a buscarme - respondió Margaret.

- Margaret, escucha, de eso hace más de ciento cincuenta años, aunque creas que eso pasó hace muchas horas. Si no ha aparecido ya no creo que lo haga nunca.

- ¡No digas eso! Estoy segura de que mi padre está en este jardín. Sólo tengo que encontrarlo.

Sophie miró a la luna, que ya había empezado a perderse por el horizonte. Después respiró hondo y dijo:

- Margaret, tu padre, efectivamente está en este jardín. ¿Recuerdas cuando caí al agua en el Valle de los Titanes?

Margaret se quedó en silencio, expectante por lo que pudiera decir su amiga.

- En el fondo encontré varias tumbas. En uno de los sarcófagos había una inscripción en la que decía: «aquí descansa el arquitecto de este universo».

- No, no es posible - respondió Margaret con los ojos inundados de lágrimas.

Sophie la miraba fijamente a los ojos, intentando transmitirle que confiara en sus palabras.

- ¡Vamos Sophie! ¡La luna está a punto de ocultarse! - gritó Charles, introduciéndose en el pasadizo.

- Este es mi hogar Sophie. Venid a visitarme dentro de doce años, un mes y siete días. Volveremos a vernos - sentenció Margaret.

Sophie sintió ganas de llorar. Apenas podía verse ya nada debido a la falta de luz. Iba a decirle a Margaret unas palabras cuando Charles tiró de su mano hacia el interior del pasadizo.

- ¡No, espera, Charles! ¡No podemos dejarla ahí! Ni siquiera he tenido oportunidad de decirle que... - gritó furiosa Sophie.

- ¡No hay tiempo! ¿Quieres quedar atrapada aquí doce años? – la interrumpió Charles corriendo por el pasadizo tirando de la mano de la niña.

En el momento en que los dos niños salieron de la fuente de Neptuno, la luna llena terminó de ocultarse por el horizonte. Reinaba un gran silencio, ya no había niños jugando allí. Sophie se soltó bruscamente de la mano de Charles. Sin mencionar palabra alguna, cruzaron el jardín y entraron en la mansión.

La fiesta del señor Newland estaba llegando a su fin. El anciano banquero, desde su mesa, expresaba unas palabras de despedida. Todos los invitados estaban en pie escuchando muy atentos el discurso. La señora Walter miraba hacia todos lados buscando a su hija.

- Hace rato que han llegado todos los niños del jardín, pero Sophie no ha vuelto - susurró la madre de Sophie a su marido.

- En cuanto acabe de escuchar el discurso hablaré con el mayordomo - respondió muy feliz el señor Walter, debido a la reciente comunicación de su ascenso.

El señor Newland, con una copa de champagne en alto, continuaba su alocución:

- Gracias de todo corazón por su asistencia. Ha sido una velada inolvidable...

Al fondo, una puerta se abrió lentamente, pero nadie se percató. Por ella entró una niña rubia de ojos azules junto con un niño algo más bajito que ella. Caminaban despacio hacia la mesa del señor Newland. Alfred, el mayordomo, que se encontraba al lado del banquero, sacó sus gafas del bolsillo de su chaqueta para ver mejor los niños que se acercaban. El señor Newland seguía con su perorata, y los invitados, poco a poco, dejaban de prestar atención al presidente del banco para observar a aquellos niños de ropas tan sucias. Cuando Sophie y Charles llegaron a la mesa del banquero, éste, durante unos segundos, los observó extrañado. Todo el salón se había sumido en el más absoluto silencio. Pero después, el rostro del señor Newland palideció dejando caer su copa al suelo. Sophie miró a Charles y vio cómo también su amigo estaba realmente impactado al ver cuánto había envejecido su padre en sólo una noche. El señor Newland rodeó la mesa y se agachó para ver mejor la cara de aquel niño. Sophie se apartó y fue a abrazar a sus padres, que se habían acercado. El anciano, atónito, observó la mochila del niño, acarició su pelo, sus mejillas... Tras unos segundos de duda, el anciano dio un fuerte abrazo a su hijo, rompiendo a llorar en un silencioso llanto.

Alfred miró a Sophie con expresión de infinito agradecimiento. Pero la alegría de la niña no era completa. Su mente no podía dejar de pensar en Margaret, su amiga.

PARTE IV. Años 1759 - 1770

Capítulo 9

Un Proyecto Muy Ambicioso

El arquitecto, ingeniero hidráulico, botánico, alquimista y masón Leopoldo de Lorena se encontraba de nuevo, tras más de una década por naciones mediterráneas en tierras británicas. Seguido de su extenso séquito de operarios, jardineros, mecánicos y otros muchos y variopintos profesionales, se dirigió a la capital inglesa. Llevaba meses gestando lo que le habían prometido ser el proyecto de su vida. Junto a él, de forma inseparable, le acompañaba su hija de pocos meses, Margaret.

El arquitecto llegó por fin, tras un largo viaje, al número 29 de la calle Victoria, donde su nuevo cliente esperaba. Previamente, se había tomado molestias para conocer a su futuro contratador. El señor Havenloft, aunque no poseía ningún título aristocrático, era uno de los hombres más ricos y poderosos de Inglaterra. Su familia había hecho fortuna en América, en las minas de oro de California. Cuando éstas se agotaron, el señor Havenloft volvió a la tierra de sus abuelos. El rico empresario poseía un carácter rudo y ordinario, y nunca se casó ni tuvo hijos. Pero sobre toda la información que pudo recabar, había un detalle que llamó especialmente la atención del arquitecto. Thomas Havenloft nació con una horrible malformación en el rostro, que le hizo pasar por una infancia y adolescencia realmente traumática.

Tras diez minutos esperando en una lujosa antesala, un secretario vino a comunicarle que podía pasar al despacho del empresario. Leopoldo entró por una gran puerta a un espacioso bufete donde, sentado en una gran mesa de madera de roble, Thomas Havenloft le esperaba. Éste se levantó de su asiento y se dirigió al ingeniero con la mano tendida.

- Señor de Lorena, al fin. Tome asiento, por favor - dijo el señor Havenloft con una voz muy grave.

Leopoldo pudo comprobar en persona las horribles facciones de su futuro contratador. Sus ojos estaban totalmente hundidos; la nariz, casi inexistente, se limitaba casi a dos grandes orificios; la boca era ancha y sus colmillos grandes y afilados; las orejas eran pequeñas y su cuello era tan amplio que no se apreciaba dónde terminaba el cuerpo y dónde empezaba la cabeza.

Tras conversar sobre el duro viaje a Inglaterra, el señor Havenloft fue directo al grano.

- La razón por la que he contactado con usted, señor de Lorena, ha sido por los grandes trabajos que ha realizado. Creo que no existe nadie en el mundo en este momento, capacitado para acometer el gran proyecto que tengo entre manos.

El señor Havenloft sacó un mapa de un cajón y lo extendió sobre la mesa.

- Esta es mi mansión del condado de Hertfordshire. He invertido lo últimos diez años en comprar todos estos terrenos contiguos a la finca – dijo el empresario trazando con un carboncillo los límites su propiedad.

Leopoldo se asombró de la inmensa cantidad de terreno que el terrateniente había adquirido. El empresario prosiguió:

- Quiero que construya en estos terrenos el mayor y más bello jardín que el mundo haya conocido jamás. Quiero que construya un verdadero edén en la tierra.

- Señor, un jardín de estas dimensiones... No sé si es consciente de los gastos que supondría un proyecto de esta magnitud.

- No se preocupe por los gastos. Dispondrá del dinero y del tiempo que necesite.

Leopoldo se quedó unos minutos en silencio, sopesando aquella gran oferta.

- Estamos hablando de años de trabajo. Sólo en diseñarlo me llevará dos o tres. Necesitaré muchos más hombres, hombres especializados en este tipo de construcciones...

- Le vuelvo a decir, señor de Lorena, que eso no supondrá ningún problema. Gastaré toda mi fortuna y venderé el resto de mis propiedades si es necesario. Soy uno de los mejores clientes del Royal Bank of England. Ellos me prestarán dinero si hiciera falta.

- No entiendo cómo puede invertir tanto en un jardín. Necesito saber el porqué si quiere que trabaje para usted – añadió Leopoldo.

El señor Havenloft se quedó mirando fijamente al arquitecto, y dijo:

- Porque quiero demostrar a todos aquellos y aquellas que no han sido capaces de mirarme a la cara, que este hombre tan horrible puede contribuir a que este mundo sea más hermoso.

El señor de Lorena firmó esa misma mañana el contrato que sellaba el compromiso de construir, por tiempo indefinido, el jardín de Thomas Havenloft.

Los dos años siguientes Leopoldo los invirtió en realizar los planos del proyecto. Se alojó, junto a su hija y sus tres ayudantes en la mansión del señor Havenloft. Tras finalizar los diseños definitivos, dio comienzo la construcción del jardín. Leopoldo, además de contar con su habitual equipo de trabajo, compuesto por unas cien personas, hizo contratar a otras doscientas más venidas de lugares como Egipto, Italia, Persia, China o Grecia.

Los años pasaron y la construcción del jardín no cesaba ni de día ni de noche. El señor Havenloft empezaba a impacientarse, y una tarde, invitó al constructor a tomar el té.

- Hace siete años que empezó el proyecto y aún no he podido ver absolutamente nada. Mis administradores me informan de que mis cuentas bajan estrepitosamente y aún no tengo una fecha de finalización por su parte. ¿Cuánto tiempo se supone que he de esperar más?

- Aún no puedo realizar una estimación realmente precisa, señor.

- ¿Que no puede decirme todavía cuándo acabará mi jardín?

- Efectivamente. Verá, hemos tenido algunas complicaciones que han desviado la estimación inicial.

- ¿De cuánto tiempo estamos hablando? ¿Seis meses? ¿Nueve? ¿Un año?

- Seis años.

- ¡Seis años! ¿Está usted loco? Recuerde que no verá una sola libra hasta que no finalice la obra – dijo Havenloft dando un golpe en la mesa, que hizo derramar el té de la taza del arquitecto.

- Usted quería un jardín que fuese un pequeño universo en medio de este mundo arduo y cruel, ¿verdad?

- Ese ha sido siempre mi propósito – contestó enfadado Havenloft.

- Pues tenga paciencia. No precipite las cosas. Le aseguro que quedará muy satisfecho – dijo Leopoldo sirviéndose otra taza de té.

En los años siguientes el señor Havenloft no volvió a molestar al arquitecto. Mientras tanto, cientos de hombres venidos de todas las partes del mundo daban forma al diseño del señor de Lorena. Mientras tanto, Margaret, la hija de Leopoldo, crecía bajo la tutela de los mejores profesores de Londres, educada como una señorita de la mejor cuna de Inglaterra.

Pasaron los seis años y el constructor casi había terminado su gran obra. El día en que Margaret cumplía los once años, su padre le tenía preparada una sorpresa muy especial. Leopoldo entró en la habitación de su hija y la despertó. Unos débiles rayos de luz de luna entraban por los ventanales.

- Hija, soy yo. Vístete, quiero darte tu regalo de cumpleaños.

La niña, emocionada, se vistió deprisa y bajó junto a su padre al jardín de la mansión. Leopoldo, que la llevaba de la mano, la condujo a una gran puerta de forja.

- Hija mía, bienvenida al Jardín de la Luna Llena - dijo el ingeniero mientras abría las dos hojas de la pesada puerta.

Margaret se quedó callada, con los ojos bien abiertos, maravillada ante aquel magnífico lugar.

- Padre, ¿lo has terminado al fin? - preguntó la niña.

- Bueno, aún quedan algunos detalles. Lo inauguraré dentro de un mes, pero quería que tú fueses la primera en verlo.

- Me encanta. Es hermoso – dijo la niña.

- Pues espera a ver el resto. El jardín es tan grande y encierra tantos secretos que se necesitaría toda una vida para pasear por él. ¿Sabes? Está diseñado especialmente para disfrutarlo durante las noches de luna llena.

- El señor Havenloft se va a poner muy contento – dijo Margaret.

- No me importa si al señor Havenloft le gusta o no el jardín. Este lugar lo he hecho sólo y exclusivamente para ti. Este es un mundo hecho a tu medida, Margaret.

Una luciérnaga de color blanco pasó frente a Margaret y ésta la siguió corriendo, riendo y danzando. Más luciérnagas blancas rodearon a la niña, y ésta rió aún más. Su padre la observaba con ternura.

«He aquí el verdadero fruto de once años de trabajo y esfuerzo. Isabella, he cumplido mi promesa». Dijo Leopoldo hacia sus adentros.

Capítulo 10

Un Fatal Desenlace

La mañana previa a la inauguración del jardín, Margaret, tras su clase de latín, salió de la mansión a leer un rato bajo los templados rayos de sol. Varios operarios entraban y salían del Jardín de la Luna Llena. Realizaban sus últimas tareas, como comprobar los sistemas de riego automáticos -un verdadero ingenio de Leopoldo-, colocar las últimas estatuas o retirar las herramientas y maquinarias que durante años habían necesitado.

La niña, mientras leía un libro sobre mitología griega y romana tras un arbusto, escuchó la conversación que su padre mantuvo con Héctor, uno de sus tres ayudantes. Era un constructor griego de mediana edad, muy serio e inteligente.

- Héctor, ¿han acabado ya tus hombres? – preguntó Leopoldo.

- Casi, señor. Lo harán antes del mediodía.

- Muy bien. Me gustaría que Petrov, Hacmoni y tú estuvieseis en la inauguración de esta noche.

- Será un honor - dijo el griego.

- Es lo mínimo que puedo hacer por vosotros. ¿Cuántos operarios quedan dentro?

- Unos veinte. Esta tarde partirán hacia sus respectivas patrias - contestó Héctor.

- Perfecto. Esto toca a su fin – dijo satisfecho de Lorena.

- Por cierto, señor. ¿Es cierto que va a retirarse? - preguntó el ayudante.

- Sí, Héctor. Estoy un poco cansado. Hemos hecho una obra tan grande y maravillosa, que difícilmente podremos ya superar, yo al menos. He llegado a la cima amigo mío. A partir de ahora puedes hacer lo que desees. Mi futuro estará aquí en Inglaterra. Mi hija y yo iremos a vivir a Londres.

- Le echaremos mucho de menos – dijo Héctor emocionado.

- Yo también a vosotros Héctor. Yo también a vosotros.

Maestro y pupilo se separaron y volvieron a sus respectivas ocupaciones. Media hora más tarde, Margaret, que seguía oculta tras el arbusto, oyó una voz conocida. Era sin duda la del señor Havenloft, porque cuando hablaba, dejaba escapar una serie de desagradables bufidos, parecidos a los que emitiría un animal salvaje. El propietario de la mansión iba acompañado de su administrador.

- Señor Havenloft, quiero hablarle de las cuentas de este último año. Su situación económica y financiera es realmente alarmante. Llevo años informándole acerca de la enorme gravedad del asunto. No me ha hecho caso y ahora está al borde de la quiebra. ¿Cómo piensa pagar al constructor?

Una malévola sonrisa se dibujó en la enorme boca de Havenloft. Margaret seguía la conversación tras su arbusto favorito.

- Venga dentro, le invito a un té - dijo el empresario.

La niña los siguió sin que la vieran hasta el salón de paredes de cristal, una estancia de la mansión que daba al jardín. Una vez allí, de forma silenciosa, se ocultó tras un biombo chino. Los hombres se sentaron. El señor Havenloft pidió té para ambos, y tras ser servidos, ordenó a la criada que se retirara y que cerrara todas las puertas. El administrador parecía estar muy preocupado. Con las manos en la cabeza y con la vista fija en su libro de cuentas, negaba una y otra vez.

- Verá, William, no sé cómo decirle esto. No me interesan los resultados de mis cuentas.

El administrador se puso colorado y alzando la voz, irritado, exclamó:

- Pero señor, ¿acaso no quiere ver su situación? Está completamente arruinado. Ahí fuera hay un hombre que ha trabajado durante once largos años, y que ahora está esperando cobrar por tal magno proyecto.

El señor Havenloft hablaba de forma tranquila y pausada.

- No se preocupe, lo tengo todo planeado.

- Si piensa que el Royal Bank le concederá más créditos está bastante equivocado. Si faltamos a un solo pago más de los préstamos, el banco se quedará con la mansión y sus tierras.

- No pienso pedir más créditos. Tampoco voy a pagar a nadie salvo a usted, siempre que me ayude a llevar a cabo mi plan. Después, desapareceré y me refugiaré para siempre en el nuevo jardín, viviré ajeno del mundo y de sus gentes. Pasaré allí el resto de mis días.

- ¿Cómo dice? ¿No va a pagar a de Lorena? – dijo atónito el administrador.

- El proyecto se ha demorado tantos años que no le abonaré ni un solo chelín – dijo Havenloft.

- No había ninguna clausula en el contrato que limitara el tiempo de la construcción del jardín, y usted lo sabe.

- No se preocupe por eso, William, como le he dicho tengo un plan. Vayamos a mi despacho, le explicaré lo que tiene que hacer – dijo Havenloft con una sonrisa maliciosa, enseñando sus afilados colmillos.

Tras escuchar aquella conversación, Margaret corrió a buscar a su padre, pero no le encontró hasta el mediodía. Leopoldo estaba despidiéndose de los últimos operarios, agradeciéndoles todo el esfuerzo que habían realizado y deseándoles una feliz vuelta a casa.

- Padre, padre. Tengo que hablar con usted, es muy importante - interrumpió Margaret a su progenitor.

- Margaret, no seas maleducada. Tendrás que esperar otro momento. Ahora estoy ocupado. Ve a tu habitación. Te veré allí luego.

- Pero padre...

- ¡Margaret! Haz lo que te digo – riñó el constructor a su hija.

La niña se fue enfadada a su habitación. Pero al cabo de media hora su padre fue a verla. Margaret explicó casi literalmente la conversación que había oído entre el señor Havenloft y su administrador. Leopoldo se quedó en silencio durante unos minutos frente a la ventana, pensando. Después se agachó para ponerse a la altura de los ojos de su hija.

- Escucha atentamente lo que voy a decirte Margaret. Es muy importante que lo sigas al pie de la letra.

- Sí, padre. Haré lo que me diga – dijo la niña muy atenta.

- Esta noche, como sabes, entregaré las llaves del jardín al señor Havenloft. Quiero que para entonces estés allí dentro, pero no te dejes ver. Quédate en el jardín hasta que yo regrese a por ti. Allí estarás a salvo, te sentirás como en casa. Recuerda que lo hice para ti.

- Sí padre, iré esta noche al jardín y no saldré de él hasta que usted venga a por mí.

- Muy bien. Por cierto, hay un lugar dentro del jardín en el que no debes entrar bajo ningún concepto. Se trata del Laberinto del Minotauro.

- No se preocupe padre. Lo tendré en cuenta – dijo Margaret muy segura de sí misma.

- De acuerdo. Te quiero mucho hija mía - Leopoldo dio un fuerte abrazo a Margaret y un beso en la frente.

El señor de Lorena salió de la habitación para iniciar su improvisado plan. Habló con los únicos hombres con los que contaba, sus tres leales ayudantes, y les dio instrucciones precisas para lo que pudiera pasar.

Llegó la noche. Tras una cena ligera, Leopoldo esperaba al señor Havenloft en la entrada al nuevo jardín junto con Héctor,

Petrov y Hacmoni. El propietario de la mansión llegó con William, su administrador.

- Bien, ha llegado el preciado momento que he esperado durante más de una década - dijo el señor Havenloft, enseñando sus grandes colmillos mientras sonreía.

- Efectivamente. Señor Thomas Havenloft, esta noche le haré entrega de las llaves del jardín, cuya construcción derivaba del contrato que contrajimos hace once años. Espero que usted cumpla, a partir de ahora y sin demora, la parte que le corresponde.

- Sí sí, claro - dijo el señor Havenloft cruzando una mirada con su administrador -, pero antes, comprenderá que debo visitar mi jardín antes de entregarle trescientas mil libras esterlinas.

- Por supuesto. Entremos pues – dijo de forma prudente Leopoldo.

- Un momento, casi lo olvido. Antes hay que celebrar este momento con un brindis.

El administrador trajo unas copas que repartió selectivamente y después las llenó de *champagne* francés.

- Por mi jardín - gritó el señor Havenloft alzando su copa.

Los demás imitaron su gesto, chocaron las copas y bebieron. Héctor dio un pequeño sorbo y tiró al suelo el resto del contenido de su copa, no se fiaba del administrador. Acto seguido, Leopoldo abrió con cuidado las grandes puertas de forja del jardín. El señor Havenloft iba primero. Tras él, su administrador, Leopoldo, Hacmoni, Petrov y por último

Héctor. El propietario, callado, paseaba satisfecho entre blancas estatuas, sauces, mirtos y rosales, bellas fuentes y luciérnagas de color azul. William observaba boquiabierto cada rincón. Los ayudantes de Leopoldo estaban muy serios, y no perdían de vista ni al propietario ni a su economista. Cuando llevaban más de una hora caminando, el grupo llegó a una especie de plaza de piedra, de forma octogonal, con un arco en cada uno de sus ocho lados.

- ¿Qué es exactamente esto? - preguntó Havenloft.

- A esto lo llamamos nexo. Hay muchos como éste repartidos por todo el jardín. Es la intersección de ocho rutas distintas. Cada arco muestra el destino del camino que sale de él. Es una forma de no perderse en el jardín e ir al sitio que desees más rápidamente.

Al señor Havenloft le gustó mucho la idea, ya que el sentido de la orientación no era precisamente su virtud más destacable.

- ¿Dónde nos recomienda que vayamos ahora, constructor? - preguntó el señor Havenloft.

- Pues, según la ruta que tengo pensada para esta noche señor, me gustaría enseñarle el laberinto.

- Mmm. Parece interesante. Vayamos entonces - dijo el empresario.

Los hombres entraron en el Laberinto del Minotauro. Durante más de treinta minutos estuvieron cruzando pasillos y doblando esquinas, hasta que al fin llegaron a su centro. Allí había varias estatuas de monstruos.

- ¿Monstruos? No pensé que habría monstruos en mi jardín - gruñó el propietario.

- Verá, señor Havenloft, no se puede concebir la belleza sin la aberración, ni la bondad sin la maldad. El contraste siempre es necesario para que podamos apreciar las cosas realmente buenas y hermosas que la vida, o en este caso, el jardín, nos ofrece.

El propietario miró seriamente al arquitecto y después rompió en una estruendosa y horrible carcajada. Su administrador rió también.

- De acuerdo, de acuerdo. Hasta los monstruos son necesarios. Señor Leopoldo, ha hecho un buen trabajo. Soy un hombre que reconoce las cosas que están bien hechas. Pero el tiempo es un factor clave y decisivo para cumplir los contratos.

- ¿Qué quiere decir con eso? - preguntó el arquitecto.

Havenloft miró a los ayudantes de Leopoldo, y vio que estaban sudando y su tez era más blanca de lo normal.

- Lo que quiero decir, señor de Lorena, es que no voy a pagarle ni un sólo penique.

- No puede estar hablando en serio. Hay un contrato firmado que... – dijo desconcertado Leopoldo.

- Había un contrato firmado que yo mismo destruí esta tarde, incluida su copia - dijo sonriendo Havenloft.

Leopoldo se giró a mirar a sus ayudantes, y dos de éstos estaban agachados, agarrándose el vientre e intentando hablar. Héctor, que parecía estar algo mejor, ayudaba a sus compañeros a incorporarse. El señor Havenloft rió a carcajadas. El administrador sacó entonces una pistola de su levita y apuntó a la cara de Leopoldo.

- Veo que a sus subalternos no les ha sentado muy bien el *champagne*. Efectivamente, señor de Lorena, las copas de sus ayudantes estaban envenenadas - dijo el propietario entre estridentes risas y bufidos.

El constructor no supo qué hacer en ese momento. Estaba perdido. Pensó en Margaret, en los once años de esfuerzo, en la repugnante carcajada de aquel monstruo... Una luciérnaga azul pasó frente a sus ojos y el constructor echó a correr tras ella, entre las estatuas. El administrador fue tras él pistola en mano. La luna llena ascendía en el horizonte. Leopoldo alcanzó a coger el hacha del minotauro de piedra, que estaba hecha de metal y se encontraba afiliada. Corrió. Pudo ver como Petrov y Hacmoni yacían yermos en el suelo. Afortunadamente Héctor, aún con vida, vomitaba el veneno. Leopoldo seguía corriendo, intentando despistar al administrador. No podía salir del laberinto y dejar a Héctor allí. El constructor se ocultó tras una estatua de Medusa para recuperar el aliento. Entonces una luciérnaga azul pasó frente a él. Leopoldo giró tras la estatua para seguir al insecto y se encontró frente al administrador, que lo apuntaba con la pistola firmemente en el pecho. Un segundo después, William apretó el gatillo y disparó sin dilación. Casi simultáneamente, un segundo disparo aún más sonoro pudo oírse. Leopoldo se quedó en pie, confundido. Un instante después, observó como el administrador caía desplomado al suelo. En la espalda de su contrincante había una gran mancha de sangre. Leopoldo miró al frente y vio a Héctor muy debilitado con una pistola en la mano. El constructor sonrió a su amigo mientras sentía como algo caliente se derramaba por su pecho. En ese momento, el arquitecto, comprendió la situación: Héctor había matado al administrador, pero éste último había conseguido herirle de muerte.

- ¡William! ¿Qué ha pasado? ¿Has matado ya a de Lorena?- gritaba el señor Havenloft desde lo lejos.

Leopoldo y Héctor se miraron y comprendieron la gravedad de la situación. A Leopoldo le quedaba poco tiempo, y el monstruo de Havenloft seguía allí. El empresario, algo asustado, se refugió bajo la enorme estatua del minotauro. Con las pocas fuerzas que les quedaban, el constructor y su ayudante consiguieron mover la pesada estatua hasta dejarla caer sobre Havenloft. El propietario no pudo hacer nada por esquivar aquella gran mole de piedra, la cual le cayó completamente encima. La estatua se rompió en mil pedazos, y el cuerpo de Havenloft se quedó completamente inmóvil en el suelo. Héctor se acercó y comprobó que aún respiraba. Fue a coger el hacha del minotauro y la alzó para asestarle el último golpe. Pero en ese momento, Leopoldo, cada vez más débil, detuvo a su ayudante poniéndose delante.

- ¡Héctor! ¡No!

- ¿Cómo? ¿Es que piensa dejarlo con vida? – preguntó el griego.

- Mírale. Tiene los ojos destrozados. En el caso de que llegue a sobrevivir, no podrá ver absolutamente nada. Nunca conseguirá salir de aquí. Ahora él es el monstruo del laberinto. Este será su castigo y su maldición – dijo Leopoldo intentando frenar la horrible hemorragia que brotaba de su pecho con la mano.

Havenloft, es decir, el minotauro, empezaba a tomar consciencia.

- Héctor, cojamos los cuerpos de Petrov y Hacmoni y salgamos del laberinto – ordenó el arquitecto.

Héctor y Leopoldo, sacando fuerzas de donde ya no había, lograron sacar los cuerpos del laberinto. Maestro y ayudante se sentaron en un banco de piedra. Leopoldo presionaba con fuerza la gran herida que poco a poco le iba dejando sin sangre.

- Héctor, escucha atentamente. Me queda poco tiempo. Necesito encomendarte una última tarea...

PARTE V. Año 1870

Capítulo 11

El Club de la Luna Llena

El Club de la Luna Llena era un selecto grupo de exploradores con una amplia experiencia en la búsqueda y hallazgo de pasadizos, estancias secretas y libros prohibidos. Sus fundadores y únicos socios eran dos niños de diez años llamados John y Alfred. Ambos eran muy amigos, de hecho, cada uno era para el otro su único amigo. El nombre del club se debía a que, sólo durante las noches de luna llena, sus integrantes se escapaban de sus habitaciones para correr mil y una aventuras. La razón por la que no lo hacían en otro momento era la procedencia de cada uno de ellos. John Newland era un niño despierto, siempre ávido de curiosidad y ganas de descubrir cosas nuevas; era hijo de un importante banquero, dueño de la mansión donde vivían. Alfred Bashton era un niño muy listo y soñador, y era hijo del mayordomo de la casa. Mientras que John era más pragmático y siempre intentaba buscar la explicación a todos sus descubrimientos, Alfred creía en la magia, en los duendes y en los monstruos.

Una noche de verano, dos pequeñas sombras pudieron verse, raudas y silenciosas, atravesar el iluminado jardín de la mansión Newland. Cada una procedía de un lugar distinto. Se detuvieron en la puerta que daba al gran jardín.

- ¿Por dónde entramos hoy? - preguntó John en un susurro.

- Por la puerta principal - contestó el hijo del mayordomo.

Alfred sacó una llave del bolsillo de su chaqueta y abrió despacio y con mucho esfuerzo la gran puerta de forja. Los pequeños entraron y la cerraron sigilosamente. Una vez dentro, se percataron de que, aquella noche, había algo distinto.

- ¿Desde cuándo las luciérnagas son azules? - preguntó John.

- Es la sexta vez que entramos aquí y la primera en que las luciérnagas tienen ese color - contestó Alfred.

Aquel verano, los niños "encontraron" la llave de aquel jardín y entraban siempre que podían. Sin duda aquel era su lugar favorito. Un infinito campo de juegos, tan grande, que la primera misión del club fue confeccionar un mapa.

- Bien, Alfred, ¿dónde nos quedamos la noche anterior?

- Veamos. Esta noche tenemos que ir al observatorio astronómico - contestó el hijo del mayordomo consultando su mapa.

Después del observatorio y de otros nuevos lugares explorados, así como de salir airosos de un peligroso desprendimiento de tierra en un escarpado valle, encontraron el templo de Hades, dios del inframundo, en lo alto de una colina. Era una edificación de mármol gris con tres altas torres. Los niños entraron, como siempre, silenciosamente. En medio de la única estancia del templo, hallaron una estatua del dios. Se trataba de un hombre barbudo y con expresión severa. Estaba sentado sobre un gran trono, vestía una larga túnica y portaba un cetro. A sus pies, un horrible cánido de tres cabezas vigilaba en estado de alerta la entrada del templo. Los niños, como era habitual, exploraron el santuario en profundidad, en busca de algún pasadizo o secreto bien escondido. Tras casi media hora de búsqueda, Alfred se percató de que las cabezas del perro de piedra podían moverse. Tras decenas de combinaciones distintas, un fuerte sonido se oyó al fondo del templo. Los niños se miraron y lanzaron vítores de alegría. Alfred anotó la combinación correcta en su cuaderno. Después, los socios del club corrieron hacia el pasadizo que acababa de abrirse. Una piedra cuadrada se había movido para descubrir unas escaleras que llevaban a las profundidades de la tierra. Todo estaba muy oscuro. Ninguno de los dos llevaba ningún tipo de fuente de iluminación, ni siquiera una simple vela. La razón por la que no disponían de ellas era porque nunca la necesitaban, ya que sus salidas eran siempre durante las noches de luna llena. Aún así los niños bajaron. Cuando llegaron al último peldaño siguieron por una especie de gruta, lóbrega y húmeda. A pesar de que los pequeños iban con los ojos bien abiertos, poco podían ver, ya que la oscuridad era casi absoluta. Cuando llevaban un rato caminando, de repente, vieron un pequeño destello de luz azul a lo lejos, que venía muy deprisa hacia ellos. Los niños se apartaron y la lucecita continuó volando hasta las escaleras, como huyendo de aquel lugar.

- Vayámonos de aquí, John. Volveremos otro día con un par de faroles - sugirió Alfred.

- Aún no. Avancemos sólo un poco más - dijo John sediento de aventura.

Pero de repente, John chocó contra algo metálico y lanzó un grito de dolor que hizo resonar en toda la gruta. Alfred ayudó a su amigo a levantarse y palpó la causa del golpe.

- Parece que has tropezado con una especie de jaula - afirmó el hijo del mayordomo.

- ¡Malditos barrotes! Me he llevado un buen golpe en la rodilla – se quejó John.

Tras decir estas palabras, un grito horrible, parecido al que emite un animal salvaje, se oyó en la lejanía.

- Vámonos de aquí, ¡ahora! - exclamó Alfred.

Los niños corrieron hacia atrás, de nuevo hacia las escaleras, en una carrera frenética por salir de aquella mazmorra oscura. Poco a poco, los pequeños sentían cómo fuertes pasos se iban acercando a ellos cada vez más. Los rugidos eran cada vez más fuertes y voraces. John, debido al dolor de su rodilla, corría más despacio y se quedó atrás, pero Alfred pronto alcanzó la escalera. La subió tan rápido como pudo y llegó de nuevo al templo, a la cálida y azulada luz de la luna que entraba por unos amplios ventanales. El niño se dio la vuelta y vio que su amigo no salía del pasadizo.

- ¡John! ¿Dónde estás?

- ¡Estoy llegando, ya veo la luz, ve cerrando el pasadizo, algo me está pisando los talones! – gritó el hijo del banquero casi sin aliento.

Alfred se dirigió a la estatua del dios y empezó a mover las cabezas del perro. La piedra del pasadizo empezó a cerrarse, y justo en ese momento John aparecía. Pero de repente una gran mano agarró fuertemente el brazo del niño. Alfred fue a ayudarle, tirando de él para liberarle. El hijo del mayordomo pudo ver el rostro del monstruo que intentaba capturar a su amigo. John, en su desesperado intento por liberarse, propinó una tremenda patada en la cara de la bestia, y ésta, viendo que su brazo iba a ser atrapado por la losa que cerraba el pasadizo, soltó al fin el brazo del pequeño. Los niños corrieron hacia la salida del templo e iniciaron el camino de vuelta a casa.

A la mañana siguiente el brazo de John tuvo que ser intervenido urgentemente por un médico. El banquero pidió explicaciones a su hijo acerca de lo sucedido. El niño le contó exactamente lo que ocurrió una y otra vez, hasta que al fin, el banquero le creyó. Esa misma mañana, una partida de varios hombres armados, dirigidos por el señor Newland, y guiados por los pequeños John y Alfred, entró en el jardín en dirección al templo de Hades.

Aunque los niños reconocían cada rincón que anteriormente habían visitado, encontraron el jardín muy distinto. Sin duda alguna aquello era un lugar para ser disfrutado de noche y no de día. Alfred consultó su cuaderno de notas y abrió el pasadizo girando las cabezas del perro con la combinación correcta. El señor Newland y los demás hombres cargaron sus escopetas, encendieron varios faroles y bajaron a la mazmorra. Los niños se quedaron en el templo esperando.

Al cabo de casi una hora los hombres volvieron. John, con el brazo escayolado, fue rápidamente a preguntar a su padre si habían conseguido matar a la bestia. Su padre no supo qué contestar. Tras unos instantes de duda, el banquero se agachó y miró a su hijo fijamente a los ojos.

- Hemos encontrado al monstruo. Pero John, no hemos acabado con él, porque no es real. Es una estatua de piedra, tan inmóvil como cualquier estatua de este jardín.

- Padre, no es posible, Alfred y yo la vimos. Era de verdad. Mira mi brazo - dijo John con lágrimas en los ojos. Su padre sabía que lo que más dolía a su hijo era que lo tomasen por mentiroso.

- Me cuesta creer que lo que te ha ocurrido sea cierto John. Es algo que se escapa de la lógica y de la comprensión más sincera de cualquier padre. Pero te creo.

- ¿De verdad?

- De verdad - dijo con firmeza el padre.

Desde aquel día, el banquero cerró para siempre el jardín y el club dejó de explorarlo. El señor Andrew Newland lo hizo para evitar que ningún otro niño volviera a entrar en aquel lugar tan peligroso. Obviamente no lo consiguió.

Parte VI. Año 1941

Capítulo 12

Doce Años, Un Mes y Siete Días Después

Durante los primeros días de julio el improvisado hospital fue un auténtico caos. Los heridos por los bombardeos alemanes entraban por decenas, y ya apenas había lugar donde colocarlos, ni tiempo para reconocerlos, ni personal ni medicinas para curarles. Las enfermeras hacían más de lo que podían, algunas no descasaban desde hacía días. Una de ellas era Sophie Walter, una hermosa joven londinense de veinticuatro años de edad. La chica estaba tratando a un hombre de mediana edad, un sacerdote, según decía. Se le había caído el techo de la iglesia encima y presentaba cortes y contusiones por todo el cuerpo. A su lado, otros tres heridos dormían en la estrecha habitación.

- Cierra la ventana, por favor. No quiero oír más explosiones - dijo el cura con mucho esfuerzo.

Sophie fue a cerrarla. Pero antes, la joven se quedó contemplando la dantesca escena que en ese momento estaba sufriendo la capital. Era noche cerrada, y destellos, algunos de ellos silenciosos, aparecían y desaparecían en el horizonte; las calles estaban desiertas y llenas de escombros. En el cielo reinaba una luna llena con un ligero tono azulado, la cual era atravesada en ese mismo momento por un escuadrón de la Luftwafe. Aquella noche la chica sólo podía pensar en un nombre, en una persona que había recordado cada día de los últimos doce años: Margaret. Esa noche hacía justo doce años, un mes y siete días desde su aventura en el jardín. Esa noche, en ese mismo momento, Margaret se estaría preguntando dónde estaría su amiga, se sentiría sola, decepcionada y triste. Pero por razones mayores que sólo el destino conoce, Sophie no podía irse del hospital, era demasiado necesaria en aquellos momentos tan duros. Charles tampoco podría acudir a la cita. Poco después de hacerse con el control del banco familiar tras la muerte de su padre, se alistó voluntario como piloto de combate en las fuerzas aéreas inglesas, y hacía meses que no sabía nada de él. La enfermera no pudo evitar que sus ojos se llenaran de lágrimas, pero pronto guardó la compostura y cerró la ventana, volviendo a sus quehaceres.

Un mes después, cuando los bombardeos cesaron casi por completo y pudo solicitar un día de descanso, Sophie Walter pidió un taxi para ir a la mansión de los Newland en Hertfordshire. Pagó al taxista para que volviera a Londres y la recogiese a primera hora de la mañana siguiente. Estaba oscureciendo. La chica se dirigió a la verja de entrada a la finca y vio que estaba destrozada. Entró y siguió el camino que llevaba a la entrada principal de la mansión. La vegetación parecía que llevaba años descuidada y la fuente principal estaba seca. No se veía a ningún guarda, ni ningún jardinero ni cochero. Los cristales de las ventanas estaban sucios y las puertas cerradas. Pero lo peor fue cuando la joven, ahogando un grito de angustia, vio parte de la mansión destruida. Sophie rodeó el edificio y llegó al jardín, igualmente abandonado, colmado de escombros y maleza. Al fondo, la chica observó el muro del jardín secreto parcialmente derruido. Sophie tenía un nudo en la garganta que le impedía llorar. Aquella no era precisamente la escena que esperaba ver después de doce años de espera. Cuando entró en el jardín por la parte del muro caído, era casi completamente de noche, y la luna llena empezaba su ascenso en el horizonte. No le resultó difícil encontrarla. De pie, justo enfrente de la salida del pasadizo de la Medusa, se hallaba la estatua de una niña de unos once años. Estaba de pie, su rostro no mostraba felicidad, aunque tampoco tristeza. Sophie se agachó para verla mejor. Efectivamente, era Margaret. No la recordaba tan pequeña. Ahora Sophie sabía lo que les pasaba a quienes se quedaban en aquel jardín. La joven pensó en lo triste que se habría sentido Margaret al comprobar que su amiga no había acudido a su cita. «No se ha movido de aquí. Esperará toda una eternidad con la esperanza de volver a verme», pensó Sophie.

- Veo que no soy el único que ha llegado tarde a la cita - dijo una voz masculina tras ella.

La joven se giró y vio a un apuesto joven vestido de piloto con un par de muletas.

- ¿Charles?

- Hola Sophie.

Los dos viejos amigos se abrazaron.

- Hace meses que no sé nada de ti - dijo la enfermera fijándose en su pierna.

- El enemigo es fuerte y no he tenido descanso en el frente. No te preocupes por mi pierna, no es nada grave - comentó el piloto.

- Charles, ¿qué ha pasado aquí? Todo está abandonado. Han bombardeado la mansión.

- Hace un año tomé la decisión de que trasladaran todas las obras de arte, el mobiliario y demás pertenencias familiares a mi residencia de Edimburgo. Los alemanes piensan arrasar esta región y por eso hace meses que bombardean esta zona. Hace un par de días mis superiores me dieron permiso para volver a Londres para gestionar varias operaciones del banco. Vine aquí a recoger unos documentos y de paso a descansar un poco.

- ¿Y el jardín? - preguntó Sophie.

El joven banquero miró a su alrededor con cara de resignación.

- Se acabó. Lo he sobrevolado un par de veces las últimas semanas. Está devastado casi por completo. Ayer por la noche di un paseo por él. Fui al templo de Artemisa, ¿te acuerdas que me hablaste de él? El reloj de luna estaba hecho añicos. Nunca sabremos cuándo habrá una nueva luna azul.

La joven no podía creerlo. El jardín, aquel lugar de ensueño y que tan buenos recuerdos le traía había dejado de existir. Entonces una luciérnaga de color blanco pasó volando lentamente entre los jóvenes.

- Pobre Margaret – susurró Sophie observando la estatua de la niña.

- ¿Qué pasará con ella ahora? - preguntó Charles.

- Sólo hay una cosa que puedo hacer por ella - dijo Sophie mirando dulcemente a su amiga de piedra.

Parte VII. Años 1752-1770

Capítulo 13

Héctor

Al pie del monte Parnaso, en las montañas de Fócida, se situaba un recinto sagrado cuyo centro acogía un templo dedicado al dios Apolo. Estaba situado en el emplazamiento de lo que originalmente fue la ciudad de Delfos. Aquel lugar fue visitado en la antigüedad por griegos que necesitaban hacer uso del vaticinio para solucionar cuestiones importantes en el destino de personas o pueblos. Aquel templo era comúnmente denominado el Oráculo de Delfos.

Una noche de verano, un joven atormentado, ataviado con túnica, capucha y espada corta, llegó a la cima de una de las montañas. Desde allí, con cierta dificultad debido a la oscuridad, pudo divisar el recinto sagrado. De las rocas brotaba un manantial que discurría por la ladera hasta acabar en una fuente del templo central. Siguió la corriente hasta llegar a él. El edificio sagrado estaba destruido casi por completo, pero la mayoría de las columnas y el muro que lo delimitaba seguían aún en pie. Allí en medio se encontraba, altivo y luchando por el paso del tiempo, la estatua del mismísimo dios Apolo. Algunas luciérnagas hacían bailar pequeñas luces blanquecinas alrededor de la estatua, lo cual aportaba al momento un toque de más misticismo si cabía.

El joven se quitó la capucha y puso una rodilla en el suelo. Después de varias semanas de viaje había llegado a su destino, por fin se encontraba ante el dios que profesaba.

- Señor. Mi nombre es Héctor Vasilopoulos. Nací en Atenas, pero desde pequeño, por causas del destino, he recorrido mucho mundo.

El muchacho miraba al suelo mientras hablaba.

- He perdido el rumbo de mi vida. Una gran catástrofe se cernió sobre mi familia. Ahora me encuentro sólo, sin nada que me haga avanzar. Ruego me guíe por el tortuoso camino de mi existencia, pues si no lo hace, comprenderé entonces que ha llegado el momento de marcharme junto a mi esposa y mi hijo.

Tras decir aquellas palabras, el joven se quedó en silencio, con los ojos muy apretados, esperando algo tan improbable como imposible, que le hacía incluso romper su fe en mil pedazos. Abrió los ojos lentamente y vio luz. Un destello azul pasó frente a sus ojos, levantó la cabeza y vio como en el horizonte, tras las montañas, una gran luna llena de color azul hacía su aparición. Frente a él, increíblemente, de alguna forma que él mismo ignoraba, se encontraba la viva imagen de la estatua que hace unos momentos se encontraba en el pedestal. El dios Apolo estaba mirándole fijamente, a unos cinco pasos de él. Héctor no supo qué hacer, ni qué decir, así que, casi instintivamente, pegó su frente en el suelo.

- Levántate hijo de Grecia - dijo el dios, y Héctor se levantó lentamente. - He oído tu historia. Debes de saber que aunque el destino está escrito de la mano de los dioses, no debes abandonarte nunca a él.

- ¿Qué debo hacer? - preguntó el muchacho, atónito.

- Háblame de ti. No puedo reescribir tu destino, pero sí puedo mostrarte una parte de él.

Entonces Héctor habló de su infancia, marcada por la mitología que tan bien supo transmitirle su padre, de sus dotes para la construcción, del desastre que ocurrió a su esposa e hijo hacía unos meses, de su desesperanza y de sus miedos.

Apolo anduvo por su templo en ruinas mientras escuchaba atentamente el relato del joven. Cuando éste terminó, el dios se situó frente a Héctor y dijo:

- Vas a construir un templo. Uno tan grande que ni siquiera los hombres sean capaces de destruirlo - dijo Apolo en voz alta.

- ¿Un templo? ¿Como este? – preguntó el joven.

- Mucho mayor, Héctor, mucho más grande y mucho más hermoso. Crearás el Olimpo en la Tierra - añadió el dios jugueteando con una luciérnaga azul entre sus dedos.

- Pero, ¿cómo? No tengo dinero, ni obreros. ¿Qué debo hacer?

Entonces Apolo le contó los secretos de las luciérnagas azules y de su poder para mostrar el destino de las personas, aunque a veces éste sea aparentemente incomprensible.

- Sigue a esta luciérnaga. Ella te llevará hacia tu destino - dijo Apolo dejando volar libremente al insecto.

- Gracias - dijo el muchacho volviéndose a arrodillar.

Héctor abandonó el templo y corrió siguiendo la luciérnaga azul. Subió una montaña y después bajó por la ladera opuesta, atravesó un denso bosque y llegó a la costa. La luciérnaga voló mar adentro. El muchacho, desconcertado por tener que nadar en plena noche, se quitó las botas y se lanzó al agua. Nadó durante más de una hora. Cansado y angustiado, apenas podía ver ya a su guía, que volaba sin cesar. Siguió nadando con mucho esfuerzo, pero sus fuerzas iban menguando cada vez más. Nadaba y nadaba, pero cada vez se sentía más cansado. «Quizá este sea mi destino, morir aquí ahogado». Y dejó de nadar. Mientras se hundía en las profundidades del Mare Nostrum, por su mente fueron pasando muchos recuerdos. Unos tan hermosos y otros sin embargo tan trágicos que llegó a pensar que aquella era la mejor decisión. Pero de repente, unos fuertes brazos lo agarraron por detrás y lo llevaron hacia la superficie.

- ¡Petrov, lánzame una cuerda! – oyó gritar al salir a la superficie y volver a respirar.

Cuando Héctor volvió a abrir los ojos, se encontraba tendido en la cubierta de un bergantín. Tres hombres lo miraban con preocupación.

- Ya viene en sí - dijo uno de los hombres, que parecía egipcio.

Héctor se incorporó y tosió escupiendo agua.

- Muchacho, ¿en qué pensabas saliendo a nadar en plena noche y a varias millas de la costa?

- El dios Apolo me dijo que lo hiciera - dijo Héctor con ironía.

Los hombres se echaron a reír.

- Me gusta que las personas tengan sentido del humor, incluso en los momentos más difíciles - dijo un hombre algo más mayor que él. Héctor supuso que era su salvador porque estaba también empapado.

El griego se incorporó. El hombre que lo salvó dio instrucciones a los demás para que le prepararan una cama y le sirvieran vino y algo de carne.

- Mi nombre es Leopoldo de Lorena. Ingeniero y arquitecto de jardines - dijo su salvador tendiéndole la mano.

- Mi nombre es Héctor, y soy constructor de templos – dijo el joven griego.

Héctor recordaba así aquella noche en que conoció al mismo Apolo y en la que tuvo su primer encuentro con Leopoldo, su maestro, el cual ya yacía donde planeó descansar, en el fondo del Valle de los Titanes. Petrov y Hacmoni le acompañaban en otros dos féretros de piedra. Y allí, subido en el hombro de un gigante de piedra, observaba las majestuosas cataratas y los bellos arco iris.

El griego pensó entonces en Margaret, la hija de su maestro. Seguramente ya estaría en el jardín. Al fin se encontraba a salvo, a menos que entrara en el peligroso laberinto, o que por alguna razón, el muro de piedra del jardín se destruyese. Si eso último ocurriera, Margaret no volvería nunca a ser una niña real. Se tranquilizó pensando en que aquello nunca ocurriría, pues los muros eran bastante fuertes.

Tal y como hacían los constructores de pirámides, Héctor, fue a descansar para siempre junto a su maestro en las profundidades del lago.

Parte VIII. Año 1989

Capítulo 14

Cada Luna Llena

A las doce en punto la señora Newland se levantó de la cama, se puso su bata y sus zapatillas y se dirigió a la ventana para asegurarse de que la luna estaba saliendo por los tejados de las casas de Nothing Hill. Vio que su marido dormía plácidamente. Este conocía de sobra la rutina que su esposa seguía una vez al mes, cada vez que había luna llena. Después de casi cuarenta años aquello le parecía de lo más normal. El banquero ya apenas recordaba lo que les ocurrió siendo niños. A veces, rememoraba aquella aventura más como un sueño que como una realidad. Sin embargo, su esposa, Sophie, la niña de ojos azules que una noche lo rescató de un monstruo, recordaba perfectamente cada detalle de aquella gran aventura.

La anciana salió por la puerta de atrás de la casa. Hacía un poco de niebla y frío, mucho frío. La luz de la luna empezaba a iluminar el pequeño recinto ajardinado de los Newland. La mujer se acercó al centro del jardín. Sobre un pequeño pedestal había una estatua de una niña de unos once años, congelada por el tiempo en una eterna y paciente espera. Sophie se dirigió a ella y se sentó en un banco que había al lado.

- ¿Sabes? En estos últimos cuarenta años no he perdido la esperanza de volver a verte - dijo la anciana a la estatua de la niña. Después de una larga pausa continuó. - Margaret, estaré aquí cada luna llena. Te esperaré hasta el fin de mis días.

Sophie, algo emocionada, hizo de nuevo una pausa, respiró hondo y prosiguió. - Aquella noche, cuando decidiste quedarte, quise decirte algo, pero no tuve tiempo. Margaret, has sido la mejor amiga que he tenido en toda mi vida.

Sophie dio un beso en la frente a la estatua de la niña y subió de nuevo a su dormitorio. Quizá, en sus sueños, esa noche volvería de nuevo a ser niña. Entonces regresaría con Margaret a jugar al jardín secreto, entre sauces, mirtos, bellas estatuas y luciérnagas azules.

Índice

Parte I: Año 1759 7

Capítulo 1: La Promesa 9

Parte II: Año 1912 13

Capítulo 2: La Huida 15

Parte III: Año 1931 23

Capítulo 3: Sophie 25

Capítulo 4: Margaret 39

Capítulo 5: El Templo de Artemisa 47

Capítulo 6: El Laberinto del Minotauro 55

Capítulo 7: La Runa Número Trece 61

Capítulo 8: El Reencuentro 67

Parte IV: Años 1759 - 1770 71

Capítulo 9: Un Proyecto Muy Ambicioso 73

Capítulo 10: Un Fatal Desenlace 81

Parte V: Año 1870 93

Capítulo 11: El Club de la Luna Llena 95

Parte VI: Año 1941 101

Capítulo 12: Doce Años, Un Mes y Siete Días Después ... 103

Parte VII: Años 1752-1770 109

Capítulo 13: Héctor 111

Parte VIII: Año 1989 117

Capítulo 14: Cada Luna Llena 119

www.ingramcontent.com/pod-product-compliance
Ingram Content Group UK Ltd.
Pitfield, Milton Keynes, MK11 3LW, UK
UKHW020155200726
13856UKWH00003B/1008